DATE A LIVE ANOTHER ROUTE　　츠나코　TSUNAKO

SPECIAL ILLUSTRATION | 모리사와 하루유키 HARUYUKI MORISAWA

SPECIAL ILLUSTRATION | NOCO

SPECIAL ILLUSTRATION | 하이무라 키요타카 **KIYOTAKA HAIMURA**

DATE 데이트 A 어 LIVE 라이브

ANOTHER ROUTE 어나더 루트

글 : 타치바나 코우시 외

그림 : 츠나코

옮긴이 : 이승원

THE SPIRIT
정령(精靈)
인계(隣界)에 존재하는 특수 재해 지정 생명체. 발생 요인, 존재 이유 둘 다 불명.
이쪽 세계에 모습을 드러낼 때, 공간진(空間震)을 발생시켜 주위에 심각한 피해를 끼친다.
또한, 엄청난 전투 능력을 보유하고 있음.
WAYS OF COPING1
대처법1
무력을 통한 섬멸.
단, 위에서 말했듯 매우 강대한 전투 능력을 보유하고 있기 때문에 달성 가능성이 극도로 낮음.
WAYS OF COPING2
대처법2
──데이트를 해서, 반하게 만든다.
데이트 어 라이브
어나더 루트
DATE A LIVE ANOTHER ROUTE
SpiritNo.10
AstralDress-PrincessType Weapon-ThroneType [Sandalphon]

DATE A LIVE

ANOTHER ROUTE

DATE A LIVE ANOTHER ROUTE

Diet TOHKA
Author : Taro Hitsuji

토카 다이어트

히츠지 타로

"음, 맛있구나! 시도!"

오늘도 시도의 집 거실에서는 토카의 환희에 찬 목소리가 울려 퍼졌다.

지금은 저녁 식사 시간.

테이블 위에 놓인 시도 특제 그라탱과 로스트 치킨이 식욕을 자극하는 감미로운 향기를 뿜고 있었다.

"으읍! 뜨거워! 하지만, 맛있다! 혀가 녹아내릴 듯한 이 농후한 화이트소스가 끝내주는구나! 치킨도 스파이시한 게 정말…… 맛있다!"

"하하하, 그래? 그거 다행이네."

행복한 표정으로 요리를 먹어 치우는 토카를 본 시도는 기쁜 표정으로 웃었다.

"이렇게 맛있다고 말해주니, 만든 나도 보람이 있어. 요리라면 얼마든지 있으니까, 더 먹고 싶으면 말해."

"더 다오!"

토카가 텅 빈 그라탱 접시를 내밀자, 시도는 쓴웃음을 머금으며 그 접시를 받아들고 부엌으로 향했다.

그런 시도의 뒷모습을 힐끔 쳐다본 코토리는 그라탱을 수저로 떠먹으면서 말했다.

"그러고 보니 시도, 요즘 무슨 일 있어?"

"응?"

"시도가 원래 요리를 잘한다는 건 알고 있었지만…… 요즘 들어 실력이 더 좋아진 거 아냐?"

"맞아. 시도의 요리 실력은 현재 가게를 차려도 될 레벨—프로에 한없이 다가섰다고 해도 과언이 아냐."

테이블 구석에 자리한 오리가미가 그라탱을 먹으며 말했다.

"명확하게 맛이 변화한 것은 28일 전의 저녁때 만든 양상추 볶음밥 때부터야. 그 후로 시도가 만드는 모든 요리의 수준이 한 단계 상승했어."

"흐음? 오리가미도 눈치챈 거야?"

"남편의 요리를 아내가 체크하는 건 지극히 당연해. 하지만, 이건 범상치 않은 사태야. 요즘은 부부가 집안일을 분담하는 게 당연시되고 있지만, 남편이 요리를 너무 잘하면 아내가 설 곳을 잃어."

"너, 너 지금 무슨 소리를 하는 것이냐!"

벌떡! 일어선 토카가 오리가미를 향해 그렇게 외쳤다.

두 사람이 그대로 말다툼을 시작한 사이, 코토리는 시도에게 캐묻듯이 말했다.

"……아무튼, 무슨 일이 있었던 거야?"

"아~, 실은 말이지."

부엌에 선 시도는 냄비에 들어있던 화이트소스를 토카의 접시에 담더니, 치즈를 얹어서 오븐에 넣었다.

"나, 요즘 『MyTube』의 요리 영상에 빠졌거든. 덕분에 싸고 맛있는 요리를 만드는 기술을 왕창 알게 됐어."

"아하. 전업 남편의 귀감이네."

"게다가 토카가 엄청 기뻐해주니까, 의욕이 샘솟지 뭐야……."

시도와 코토리가 슬며시 쳐다보니, 토카와 오리가미는 격렬한 치킨 쟁탈전을 벌이고 있었다.

"아, 코토리도 더 먹을래? 아직 많이 남아 있거든."

"으음……. 나는 됐어. 너무 맛있어서 과식할 것 같거든."

"그래? 그럼 오늘은 너무 많이 만들었나."

시도는 냄비 안을 쳐다보며 쓴웃음을 머금었다.

"안심해. 요즘 먹성이 좋은 토카라면 다 먹어 치울 거야."

"그건 그래."

그러는 사이…….

오븐 안에 들어간 그라탱이 향긋하게 구워졌다.

시도는 손에 조리용 장갑을 끼더니, 부글부글 끓고 있는 그라탱 접시를 토카 앞으로 가져갔다.

"다 됐어."

"오오……!!"

곧 토카의 관심은 오리가미에서 그라탱으로 옮겨갔다.

그리고, 뜨거워하면서도 그라탱을 맛있게 먹기 시작했다.

그리고, 순식간에 전부 비웠으며….

"더 다오!"

"그래."

토카가 기뻐하며 내민 그라탱 접시를 받은 시도가 쓴웃음을 머금으며 다시 부엌으로 향했다.

"크…… 아무리 사랑하는 남편의 요리라고는 해도, 더는 못 먹겠어……."

오리가미는 분통을 터뜨렸다.

"그렇다고 치킨을 몰래 밀폐 용기에 담지 마. 게다가 그건 시도가 먹던 거잖아."

코토리가 오리가미의 손을 움켜잡았다.

이윽고 또 부엌의 오븐에서 치즈가 익는 그윽한 향기가 풍겨 나왔으며…….

"다 됐어."

"오오……!!"

눈앞에 놓인 따끈따끈한 그라탱을 본 토카의 눈이 반짝

였다.

그런 식으로, 시도네 집의 저녁 식사 시간은 평온하게 흘러갔다―.

매일매일, 시도가 만든 맛있는 요리를 실컷 먹을 수 있다……. 토카는 그런 행복의 절정에 빠져 있었다.

하지만 훗날, 토카는 너무나도 느닷없이 지옥 밑바닥으로 내동댕이쳐지고 말았다.

――.

오늘은, 도립 라이젠 고교의 신체검사 날.

"꺄아~! 또 살쪘어! 남친에게 미움받을 거야~!"

"아무리 그래도 ■■킬로그램은 심하잖아, 미카……."

"으으…… 다이어트해야겠네……."

여자애들이 그런 소리를 하며 귀엽게 떠드는 가운데―.

삐~.

무기질적이고 비정한 전자음이 울려 퍼졌다.

"……■■킬로그램. 자, 다음."

마치 염라대왕의 판결 같처럼, 냉혹하게 숫자가 고해졌다.

"음?"

그 말을 이해 못 한 토카는 얼이 나갔다.

체육복 차림인 토카는 체중계 위에 멍하니 서 있었다.

"자, 잠깐만 기다려다오……. 무슨 말을 들은 건지 모르겠다."

"■■킬로그램. 그대로예요. 다음."

측정 담당인 중년 여성이 안경을 고쳐 쓰며 담담히 말했다.

"그, 그건 설마…… 내 체중이냐? 키나 가슴둘레가 아니라……?"

"그렇더라도 문제가 아닐까요? 다음."

측정 담당은 다음 차례인 사람을 불렀지만, 토카는 허둥대며 따졌다.

"자, 잠깐만 있어봐라! 이건 뭔가 잘못된 것이 분명해! 내 체중이 ■■일 리가 없다……!!"

"잘못되지 않았어요. 다음."

"기, 기계가 고장 난 것 아니냐?"

"고장 나지 않았어요. 오늘 아침에 체크 했으니까요. 다음."

"이, 이 체육복이 무거운 것이다……!! 저, 전부 벗으면……!!"

훌렁! 훌렁! 훌렁!

"옷 벗지 마세요. 애초에 옷 무게는 뺐고, 그래봤자 얼마 차이 나지도 않아요. 다음."

"아냐! 아까는 방심해서 그런 거다! 내가 마음 단단히 먹고, 제대로 재면—."

"발 하나만 올려봤자 소용없어요. 다음."

하지만 속옷 차림이 된 토카는 체중계가 살며시 올라가거나, 가장자리에 서거나, 발돋움을 하는 등, 여러모로 발악했다.

하지만—.

삐~.

"■■킬로그램. 자, 다음."

토카가 직면한 것은, 너무나도 무자비한 현실이었다.

"마, 맙소사…… 어떻게 이런 일이……?!"

진단 결과표에 눈부시게 새겨진 『■■킬로그램』을 뚫어지게 쳐다보며, 토카가 부들부들 떨고 있을 때였다.

"……훗."

어느새 등 뒤에서 그것을 들여다보고 있던 오리가미가 경멸하는 듯한 미소를 머금었다.

"오, 오리가미?! 보, 본 것이냐?!"

"봤어. 참 꼴사나운 숫자네."

평소에는 인형처럼 감정의 기복이 느껴지지 않던 오리가미에게는 현재 우쭐대는 듯한 분위기가 감돌고 있었다.

"그 체중 증가 페이스는 여자라고 할 수 없어. 완전, 돼지 그 자체."

"그건 말이 심한 것 아니냐?!"

"지난번 검사 때보다 +5킬로그램. 그럼 다음에는 +10킬로그램. 그다음에는 +15킬로그램이 될 거라고 계산돼."

"무슨 그딴 단순 계산이 다 있단 말이냐!"

발끈한 토카는 체육복을 입은 오리가미의 멱살을 잡았다.

"그, 그러는 네 체중은 얼마냐! 오리가미!"

"나?"

오리가미는 그렇게 말하면서 자신의 진단 결과표를 펼쳐 보였다.

"윽…… ▲▲킬로……그램……?"

"이상적인 모델 체형이지? 남편이 언제든 내 몸을 안고 싶어지도록, 자신의 체형을 유지하는 것도 아내의 의무야."

그 말의 의미는 모르겠지만, 토카는 왠지 진 것 같은 느낌이 들었다.

"너, 요즘 시도가 만든 대량의 요리를 아무 생각 없이 무한정 먹어 치웠어."

"으, 윽……."

"시도도 뒤룩뒤룩 살찐 너를 경멸할 게 틀림없어."

"뭐?! 거짓말하지 마라! 시도가 그런 생각을 할 리가—."

"적에게 도움을 줄 생각은 없지만…… 이대로 괜찮겠어?"

"뭐, 뭐가 말이냐……?"

"남녀의 사랑이란, 서로가 유지하려고 노력하는 것이 오래 유지되는 비결이야. 서로를 사랑해서 결혼한 부부. 신혼 초기에는 뜨거웠던 두 사람도, 결혼 생활이 이어지면서 점점 돼지가 되어가는 아내의 모습을 보면 남편의 애정은 양초가 다 타버리듯 식어버리고……. 결국 아내를 향한 성적 흥미를 잃고 만 남편은 젊고 아름다운 여자와 바람을 피우게 되고, 결국 파국을 맞이한 결혼 생활은 그대로 이혼&고독사 콤보……. 알겠어? 그게 네 운명이야."

"네가 무례하기 그지없는 말을 하고 있다는 건 알겠다!"

오리가미의 영문 모를 말은 제쳐두고…….

"아, 아무튼…… 이대로 가면 나는 시도에게 미움을 받게…… 될지도 모른다는 것이냐……?"

"그래. 어차피 이대로 가면 너의 다음다음다음 신체검사 때의 체중은 +20킬로그램……. 나라면 자살할 거야."

"그러니까, 그 단순 계산은 그만둬라!"

하지만…….

토카가 현재 무시할 수 없을 정도로 체중이 늘어났다는 건, 인정할 수밖에 없는 사실이다.

(■■킬로그램…….)

토카는 진단표와 눈싸움을 벌였다.

확실히…… 이대로 체중이 늘어나는 건 좋지 않다.

결코, 오리가미의 단순 계산을 긍정하는 건 아니지만…… 이대로 가다간 돌이킬 수 없는 수준까지 체중이 늘어날 것 같은 느낌이 들었다.

체중이 좀 늘어났다고 해서 상냥한 시도가 자신을 싫어하지는 않을 거라고 생각하지만…….

아까 오리가미가 한 말이, 토카의 내면에 존재하는 불안을 키워갔다.

그 바람에 무심코 이상한 상상을 하고 말았다―.

『나, 통통 체형에는 흥미 없거든~? 그런 건 타협 아니려나? 역시 오리가미처럼 예쁜 모델 체형이 최고잖아~? 토카는 이제 여자로선 끝났어~.』

(그, 그건 안 된다! 시도에게 미움받는 건, 절대 싫단 말이다!)

토카는 고개를 세차게 젓더니, 결의를 다졌다.

(살을 빼자! 원래 체중으로 되돌리는 거다……!! 시도에게 미움받지 않기 위해서 말이다!)

이리하여…….

자칫하면 도시 하나를 소멸시킬 수도 있는 힘을 지닌 지고한 존재― 정령의, 전대미문의 다이어트 생활이 몰래 막이 오른 것이다―.

――.

"확실히, 듣고 보니 나는 요즘 좀 많이 먹은 것 같다."

방과 후.

토카는 시도네 집으로 향하면서, 이제부터의 다이어트 계

획을 짰다.

"어쩔 수 없긴 했다. 시도가 요즘 만들어주는 밥이 너무 맛있거든. 자기도 모르는 사이에 과식하고 말았어."

토카는 도서실에서 빌려온 다이어트 관련 서적을 대충 넘겨봤다.

"으음, 잘은 모르겠지만 역시 기초대사 향상과 소비 열량 및 섭취 열량의 조절……. 즉 식사를 줄이고 운동을 하는 게 가장 좋은 것 같구나."

시도가 만든 맛있는 요리를 적게 먹어야 하는 건 매우 슬픈 일이지만…… 이 모든 것은 다이어트를 위해서다.

그리고 무엇보다 시도에게 미움받고 싶지 않다.

어쩔 수 없다.

결심할 수밖에 없다.

"좋다! 힘내자! 마음을 독하게 먹고 살을 빼는 것이다!"

그렇게 결의를 다진 후…….

시도네 집에 도착한 토카는 현관문을 열었다.

덜컹.

그 순간, 독하게 먹은 마음이 스르륵 풀리게 만드는 듯한 달콤하고 그윽한 향기가 집안에서 풍겨 나왔다.

"……윽?!"

『위험해.』

『이 앞으로 나아가선 안 돼.』

굳게 먹은 마음이 다 죽어가는 목소리로 경고했지만, 토카는 세이렌의 노랫소리에 이끌리듯 거실을 향해 발을 옮겼다…….

"아. 어서와, 토카."

거실에 들어서자마자, 부엌에 선 시도가 밝은 목소리로 토카를 맞이했다.

"시, 시도……. 너, 대체 뭘 만들고 있는 것이냐?"

"응? 도넛이야."

부글부글 끓고 있는 기름 냄비에서 갓 튀긴 도넛을 꺼낸 시도는 기름을 빼기 위해 소쿠리 위에 도넛을 뒀다.

자신을 유혹하는 달콤한 향기의 정체는, 바로 이것이 틀림없다.

"뭐엇—?! 도, 도넛이라고?!"

"그래. 내가 자주 보는 『MyTube』 채널에서, 집에서 간단히 만들 수 있는 본격 도넛 만드는 법이 올라왔거든. 그래서 바로 만들어봤어."

테이블 위에 놓인 커다란 접시에는 갓 튀긴 맛있는 도넛이 산더미처럼 쌓여 있었고, 요시노와 나츠미가 행복한 표정으로 도넛을 먹고 있었다.

"어, 엄청…… 맛있……어요……."

"우와! 이거, 가게에서 파는 도넛과 맞먹는 수준 아냐? 아냐, 갓 튀긴 거니까 파는 것보다 더 맛있을지도 몰라……."

『시도 군, 진짜 대단해~! 시도 군의 아내가 될 사람은 정말 행복하겠는걸~?』

"하하하, 그렇게 말해주니 나도 만든 보람이 있네."

요시노(&요시농)와 나츠미의 반응을 본 시도는 참 기뻐 보였다.

"자, 토카도 멀뚱멀뚱 서 있지 말고 빨리 가방 내려놓고 손 씻어. 지금 네가 마실 차를 끓일게."

"……뭐?"

시도가 당연하다는 듯이 그렇게 말하자, 토카는 얼이 나갔다.

"응? 너도 도넛 먹을 거잖아?"

"―윽?!"

토카는 그 말을 듣자마자 그대로 딱딱하게 굳어버렸다.

시도는 평소처럼 온화하게 웃고 있지만…… 토카의 눈에는 사람을 유혹해 타락시키는 악마의 요사스러운 미소처럼 보였다.

"저, 저기, 시도…… 그게 말이다……. 나, 실은 그렇게 배가 고프지……."

꼬르르르륵~.

달콤한 향기에 자극을 받은 건지, 토카의 배가 꼬르륵거렸다. 몸은 정직했다.

"으, 으으으으으으으."

"하하하. 사양하지 마. 자…… 꽤 잘 만들었어."

시도는 유혹의 열매(도넛)를, 토카의 코앞으로 내밀었다.

그 옆에서 요시노 일행은 맛있다는 말을 연발하며 도넛을 먹고 있었다.

사람이 지닌 원초적인 본능에 따라, 토카는 마른침을 꿀꺽 삼켰다…….

(큭?!)

토카는 실낱 같은 희망을 품으며, 옆구리에 낀 다이어트 책을 펼쳤다.

(그러고 보니…… 다이어트 중에 먹어도 되는 저칼로리 음식과, 먹으면 안 되는 고칼로리 요리가 있었는데……. 도, 도넛은……?!)

하지만 토카를 절망에 빠뜨리듯, 도넛은 빨간색으로 ×가 되어 있는 블랙리스트에 올라 있었다. 잘못 볼 리가 없을 만큼, 먹으면 안 되는 음식의 대명사 격이었다.

그럴 만도 했다. 도넛은 우유, 버터, 밀가루, 설탕, 달걀, 그리고 결정타로 기름에 튀겨서 만드는…… 고칼로리의 마왕이다.

"어? 왜 그래? 토카. 안 먹을 거야? 이 도넛, 꽤 맛있어."

시도도 갓 튀긴 도넛을 집어 먹었다.

느닷없이, 맹렬한 식욕과 굶주림이 토카를 덮쳤다. 굶주린 흡혈귀의 흡혈 충동이 이런 느낌일까?

(안 된다, 토카! 정신 바짝 차려라!)

그 순간, 토카의 독한 마음(빈사 상태)이 비통하게 외쳤다.

(너는, 시도에게 미움받지 않기 위해 살을 빼기로 맹세했지? 그 맹세를 벌써 어길 것이냐?!)

절망적인 전장에서 너덜너덜해질 정도로 상처 입은 병사 같은 심정으로, 토카는 고개를 들더니…… 이렇게 말했다.

“미, 미안하다, 시도! 나, 실은 도넛을 싫어한다! 그러니까—.”

그 순간…….

토카는— 보고 말았다.

시도는, 여전히 온화한 미소를 머금고 있지만…… 한순간, 쓸쓸함과 안타까움이 표정에 어리는 것을…….

“그, 그래……. 그럼 어쩔 수 없지……. 미안해. 그것도 모르고 네가 좋아하지 않는 걸 멋대로 만들었어…….”

“뭐?! 아, 아니…… 저기…… 그게…… 시도, 나는……!!”

시도와 함께 지내 시간이 긴 토카는 쉬이 상상할 수 있었다.

요리 영상을 본 시도가 이거라면 만들 수 있다며 결심하고, 시장을 보러 가서 재료를 사 온 후, 『다들 기뻐해 줄까……?』 하며 두근거리는 마음으로 도넛을 만들며, 토카가 돌아오기를 기다리는, 그 모습을—.

아프다. 마음이 아프다.

지금, 자신은 돌이킬 수 없는 실수를 저지른 것이 아닐까…… 그런 자책의 마음이, 토카를 휘감았다.

“어? 토카, 도넛을 싫어했어? 그래도 한 개만 먹어보는 게 어때? 농담이 아니라 진짜로 맛있어."

"그, 그래요……. 먹어보지도 않고 싫어하는 건…… 저기, 아까워요……."

나츠미와 요시노가 무심코 한마디 거들었다.

토카의 눈에는 그런 두 사람의 신성한 대천사처럼 보였다.

"으, 으음?! 그, 그래! 확실히 먹어보지도 않고 싫어하는 건 그렇지! 그럼 하나만 먹어보마, 시도."

토카가 도넛을 받더니, 한 입 베어 물었다.

뭐, 예상은 했지만…….

시도 특제 도넛은, 어마어마하게 맛있었다.

"시도, 맛있다……. 정말 맛있어……. 나, 왠지 눈물이 멎지를 않는구나."

"오, 오오오! 이렇게 기뻐해 주니, 만든 보람이 있네! 한 개 먹을래?!"

"잘 먹겠습니다."

토카의 독한 마음은— 이미 새하얗게 변한 채 스러졌다.

그리고 산더미처럼 있던 도넛은, 결국 한 개도 남지 않고 깨끗이 사라지고 말았다.

—며칠 후.

"으으으으으으으으…… 위험해……."

다이어트 토카

저녁을 먹고 목욕을 마친 후…….

탈의실에 있는 체중계 위에 선 토카는 얼굴이 새파랗게 질린 채 부들부들 떨었다.

"또, 또, 체중이 조금 늘었구나."

신체검사를 한 날 이후로, 토카는 나름대로 열심히 다이어트에 힘썼다.

여러 책을 살펴본 결과, 기초 대사량과 소비 열량을 늘리면…… 즉, 근육을 늘리고 운동을 하면 살이 빠진다는 것을 알았다.

그래서 남들 몰래 근력 운동을 했고, 밤에 조깅을 하기도 했다.

하지만 전혀 효과가 나타나지 않았다.

왜냐하면—.

"시도가 만드는 밥이 너무 맛있어서다! 그건 범죄적인 수준이지 않으냐!"

토카는 머리를 감싸 쥔 채, 천장을 올려다보며 울부짖었다.

그렇다. 날이 갈수록 시도가 만드는 밥이 맛있어지고 있다. 점점 본격적인 요리사 수준에 다가서고 있다.

오늘이야말로 식사량을 줄이자. 오늘은 평소보다 조금만 덜 먹자— 그런 토카의 결의를 비웃듯이, 시도의 맛있는 신작 요리들이 차례차례 식탁에 등장했다.

토카의 독한 마음은 부활할 때마다 순식간에 쓰러지고,

현재 그녀는 식욕에 지배당해 정처 없이 방황하는 좀비나 다름없었다.

"아까 저녁 식탁에 올라온 갓 튀긴 바삭바삭 새우튀김은…… 갓 튀긴 건 너무하지 않느냐! 시도는 나를 살찌워서 죽일 심산이냐?"

물론, 더 달라고 말한 건 토카지만 말이다.

"하아~, 이러면 안 된다. 이대로 가다간, 일전에 오리가미가 한 말이 실제로 벌어지고 말 것이다……."

말캉말캉. 복부와 팔뚝을 만져보니, 왠지 살점이 붙은…… 듯한 느낌이 들었다. 큰일이다.

뭔가 좋은 방법이 없을까.

토카는 한숨을 내쉬면서 잠옷으로 갈아입곤, 자기 방으로 가서 침대에 털썩 드러누웠다.

"그러고 보니…… 시도는 『MyTube』란 동영상 사이트로 요리법을 배웠다……고 했지……."

토카는 몸을 일으켰다.

"잘은 모르겠다만, 다양한 걸 가르쳐주는 사이트인 것 같던데 말이다. 그럼 살 빼는 방법도 가르쳐주지 않을까……?"

토카는 책상에 앉았다.

그곳에는 〈라타토스크〉에서 지급된 노트북 컴퓨터가 놓여 있었다.

사용법을 잘 몰라서 이제까지 거의 손대지 않았지만, 토카는 지푸라기라도 잡는 심정으로 노트북 컴퓨터를 켰다.

"……음? 이건가? 으음?"

그리고 컴퓨터 조작에 익숙하지 않아서 고생하면서도, 인터넷에 들어가서 『MyTube』에 들어가는 데 성공했다.

"이게 그 소문 자자한 『MyTube』인가……. 좋은 정보가 있다면 좋겠구나."

하지만 『MyTube』 초보자인 토카는 어디서부터 어떻게 찾으면 좋을지 알 수 없었다.

"으음…… 어려운걸. 일단 적당히……."

토카는 사이트 상단에 있어서 눈길을 끄는 동영상 섬네일을 클릭해봤다.

그러자—.

"음? 이게 뭐지?"

토카의 눈앞에서, 동영상 재생 전에 강제적으로 나오는 광고 선전 영상이 재생됐다.

눈을 동그랗게 뜬 토카의 눈앞에서, 괴상한 애니메이션 촌극이 시작됐다.

『돼지에 인기 없는 여자였던 내가, 미남 소꿉친구에게 고백받고 지금은 러브러브 행복 절정 상태?!』

『나는 아케미. 소꿉친구인 히로와 함께, 나름 즐거운 하루하루를 보내고 있는 여고생!

옛날부터 뚱뚱해서 아싸에 인기도 없던 나와 다르게, 히로는 엄청 멋진 남자애라 언제나 인기였어!

그리고 히로는 이런 나한테도 상냥해서, 남들에게 무시당하는 나를 항상 지켜줬고…… 나는 그런 상냥한 히로를 좋아했어!

하지만 나는 헛된 희망은 안 품어……. 히로와 함께 있을 수 있는 것만으로 만족이야……. 쭉, 그렇게 생각해왔어.』

"아, 아케미……!! 으으…… 저, 정말 갸륵한 애구나……!!"

토카는 빠져들 듯 그 영상에 몰입했다.

『하지만 어느 날, 히로가 내가 모르는 귀여운 여자애와 함께 하교하는 모습을 봤어……. 나, 역시 히로를 포기하고 싶지 않아!

그래서, 나는 히로가 돌아봐 주도록 살을 빼자고 결심했어!

하지만 아무리 노력해도, 살이 안 빠져……!!』

"안다! 그 마음 잘 안다, 아케미! 너도 고생이 많구나!"

토카는 빠져들 듯 그 영상에 몰입했다.

『그렇게 내가 절망에 빠져 있을 때, 나는 이 보충제와 만났어!

당시의 나는 몰랐어……. 이 보충제 덕분에, 내 인생이 싹 바뀔 거란 걸 말이야!』

“음? 보충제? 그게 뭐지?”

토카는 빠져들 듯 그 영상에 몰입했다.

그러자…….

“음? 어? 아앗—?!”

토카의 눈앞에서, 동영상 속의 뚱뚱하고 얼굴도 동글동글한 여자애가 점점 날씬해지더니, 어마어마하게 귀여운 미소녀로 변모했다—.

『이, 이게, 진짜 나……? 식사량은 전혀 바뀌지 않았는데, 이 보충제만 먹어도 이렇게 날씬해졌어……?! 대, 대단해!』

“음! 대단하구나!”

동영상 속의 여자애의 놀란 목소리와, 토카의 놀란 목소리가 멋지게 하모니를 이뤘다.

그 후의 전개는 순조롭기 그지없었다.

아케미는 아름다워졌다.

그 덕분에 자신감도 생긴 건지, 아싸를 졸업하고 교내에서도 영향력이 올라가면서 곧 반의 유명인이 됐다.

아름다워진 아케미에게 반해 고백하는 남성이 줄을 이었

으며, 그리고—.

『아케미…… 나, 실은 전부터 너를…… 나 따위는 너에게 어울리지 않는다고 생각하지만…….』

『그렇지 않아, 히로! 나도 쭉 너를……!!』

염원하던 대로 미남 소꿉친구 히로와 맺어진다.

그리고 하루하루가 행복하고 러브러브한 후일담이 그려졌다…….

"으으…… 잘 됐어! 잘 됐구나, 아케미! 정말 잘 됐구나!"

눈가가 촉촉이 젖은 토카가 두 사람의 새 출발을 축복했다.

"그, 그건 그렇고, 아케미가 쓴 보충제는 정말 대단하구나! 살이라는 게 저렇게 간단히 빠지는 것이냐?!"

토카는 뚫어지게, 광고 영상에서 소개된 보충제를 응시했다.

하루 세 번, 식후에 세 알을 먹기만 해도 바로 효과가 나타난다고 한다.

잘은 모르겠지만 엄청 대단한 연구소에서 개발한 보충제이며, 엄청 대단한 대학 교수가 그 효과를 과학적으로 입증했다고 한다.

게다가 엄청 유명한 연예인과 운동선수도 이 약을 애용하는 것 같았다.

"이…… 이건 진짜배기다!"

『효과에는 개인차가 있다』고 하지만, 그런 것은 사소한 문제에 지나지 않을 것이다.

이것만 있으면 살을 뺄 수 있다.

뚱뚱해져서, 시도에게 미움받지 않아도 된다.

"하지만…… 이 정도로 효과가 엄청난 약이라면…… 가격도 분명 엄청날 테지……."

토카가 그렇게 생각한…… 바로 그때였다.

"아, 아니?! 원래라면 2만 엔이나 하지만, 이 영상의 링크를 통해 주문한다면 5백 엔에 살 수 있는 것이냐?! 그리고, 이런 기회는 두 번 다시 없다고?! 이럴 때가 아니구나……!!"

광고 영상 끝부분에 나온 정보를 본 토카는 허둥지둥 마우스를 조작하기 시작했다.

——.

"시도! 더 다오!"

"알았어."

시도네 집 식탁에서는…….

오늘도 리필을 요구하는 토카의 활기찬 목소리로, 기쁜 듯한 표정으로 음식을 더 준비해주는 시도의 모습을 볼 수 있었다.

오늘 밤 메뉴는 치즈 햄버그.

요즘 들어 요리 실력이 더욱 좋아진 시도가 동영상을 보고 연구해서 완성한, 혀가 춤출 것 같을 정도로 맛있는 요리였다.

"맛있다! 정말 맛있어, 시도!"

"그, 그래? 다행이야! 실은 오늘 저녁은 꽤 자신이 있었거든."

토카가 기뻐하며 햄버그를 먹어대자, 시도의 표정도 환해졌다.

"확실히 이건 엄청나게 맛있긴 하지만…… 토카는 요즘 정말 잘 먹네."

코토리도 약간 질린 듯한 말투로 그렇게 말했다.

"음! 정말 맛있거든! 얼마든지 먹을 수 있다!"

희희낙락하며 햄버그를 입으로 옮기는 토카의 포크질은 멎을 줄을 모르는 것만 같았다.

오늘도 시도네 집 식탁에 자리한 오리가미는 그런 토카의 모습을 보더니, 그녀에게 귓속말했다.

"……이렇게 먹어도 되겠어? 너, 체중이……."

"음? 뭐냐, 오리가미. 걱정해주는 것이냐?"

"딱히, 그런 건 아냐."

오리가미는 감정의 변화를 드러내지 않으며 고개를 휙 돌렸다.

"훗, 나는 괜찮다. 왜냐하면, 놀라운 다이어트법을 발견했거든!"

"……?"

"후훗. 식후에 그걸 세 알만 먹으면, 아무리 많이 먹어도 전혀 문제없다!"

"잘은 모르겠지만, 네가 괜찮다면 됐어."

토카가 자신만만한 표정으로 그렇게 말하자 납득한 건지 흥미를 잃은 건지 모르겠지만, 오리가미는 묵묵히 작업을 이어갔다.

"그러니까, 우리 집의 요리를 밀폐 용기에 담아가지 좀 마. 그리고 그 햄버그는 시도가 먹던 거잖아? 계속 이러면 경찰 부를 거야."

코토리는 오리가미의 손을 움켜잡으며 그렇게 말했다.

얘가 지금 무슨 소리를 하는 거야…… 하고 말하는 듯한 표정을 지은 오리가미가 코토리를 쳐다보았다.

바로 그때였다.

"참, 오늘은 디저트 삼아 애플파이를 구워봤어!"

시도가 맛있어 보이는 애플파이가 놓인 커다란 접시를 들고 왔다.

"오, 오오오오……!! 먹겠다! 먹고말고!"

"아하하. 이야, 토카가 있으니 만드는 보람이 있는걸."

토카를 비롯해 다들 웃으면서 식사하는 모습을 본 시도는 무심코 미소를 머금었다.

"……왠지 좋네. 다 같이 식탁에 둘러앉아서 식사하는 거

말이야."

"뭐? 시도, 왜 그래? 열이라도 나는 거야?"

"아, 이런 평화로운 시간이 쭉 이어졌으면 좋겠다 싶은 것 뿐이야."

"……뭐, 그건 그래."

툭하면 빈정대는 코토리도 그 말에는 이의가 없는 것 같았다.

그렇게, 저녁 식사 시간이 평화롭게 흘러갔다—.

——.

—며칠 후.

너무나도 갑작스럽게 긴급사태가 발생했다.

느닷없이 들어온 보고에, 〈라타토스크〉의 공중함 〈프락시너스〉 안에서 전율이 흘렀다.

"이게 대체 어떻게 된 거야?!"

함교에서는 격렬한 사이렌 소리와 코토리의 고함이 앙상블을 이뤘다.

"어째서, 이렇게 될 때까지 눈치채지 못한 거야?! 감시반은 대체 뭘 했어?!"

그런 코토리의 주위에서는 〈프락시너스〉의 승무원들이 정신없이 뛰어다니면서 각종 계기판을 조작하는 등, 마치 벌집이라도 건드린 것처럼 큰 소란이 벌어지고 있었다.

"레이네! 레이네!"

"……응, 여기 있어."

항상 나른하고 저혈압 같아 보이는 〈프락시너스〉 해석관, 레이네의 표정에서도 희미하게 긴장감이 흘렀다.

"……이 사태는 너무나도 갑작스러웠어. 금일 19시 33분…… 세간에서는 저녁 식사를 마치고 슬슬 씻을까…… 싶은 시간대. 감시대상의 정신 상태가 급작스럽게 변한 거야."

"이, 이게 무슨 소리야……?!"

모니터에 전송된 데이터를 본 코토리가 눈을 치켜떴다.

"각종 정신 상태 레벨이 이제까지 본 적이 없을 만큼 최악이잖아! 시도가 봉인한 정령의 힘이 완전히 역류됐어!"

"……그뿐만이 아냐. 현재 그녀는 정신적인 면이 극도로 불안정한 탓에 〈반전체〉에 한없이 가까운 상태가 됐어. 이대로 폭주하게 뒀다간, 텐구 시가 얼마나 큰 피해를 볼지 예측조차 안 돼."

반전체― 그것은 정령의 정신이 깊은 절망에 빠졌을 때, 몸에 깃들어 있는 영결정(靈結晶)(세피라)가 반전해 변질된 모습이다. 이렇게 되면, 정령은 모든 것을 소멸시키는 무자비한 파괴신이 된다―.

"큭! 대체 그녀에게 무슨 일이 일어난 거야……?! 아무튼, 주변 시민의 긴급 피난 유도를 서둘러!"

"……너는 어쩔 거야?"

"당연히— 나도 나설 거야."

——.

"토카아아아아아아아—!!"

시도가 하늘을 향해 고함을 질렀다.

상공에는 영장으로 완전 무장을 한 토카가 있었다.

온몸으로 이 세상의 모든 것을 압박하는 듯한 엄청난 영력을 뿜으며, 마왕처럼 지상을 내려다보고 있었다.

"어째서야, 토카! 대체, 너한테 무슨 일이 일어난 거냐고!"

"속았다."

시도가 비통한 표정을 짓자, 토카는 깊은 절망에 물든 눈길로 내려다보며 이야기했다.

"시도…… 나는 속았다……. 인간에게, 속았단 말이다."

"뭐……라고……?"

"그리고, 떠올렸다……. 인간 따위, 신용할 수 없는 생물이라는 것을……!"

"그, 그게 무슨……."

"시도, 나는 역시 인간을 믿을 수 없다……! 이제 아무것도 믿을 수가 없어……! 나는, 이제까지의 나일 수 없게 됐단 말이다!!"

두웅!

토카의 온몸에서 절대적인 영력이 더욱 뿜어져 나왔다.

"우와앗?!"

그 충격파에 튕겨 날아간 시도는 그대로 바닥을 굴렀다.

사태는 돌이킬 수 없는 지경까지 온 것만 같았다.

대체 뭐가 토카를 저렇게 절망에 빠뜨린 것일까……. 그녀를 속인 자는 대체 누구일까……. 시도는 짐작조차 되지 않았다.

"젠장…… 내 탓이야……."

시도는 깊은 자책에 빠진 채, 힘없이 지면을 내려쳤다.

"그렇게 토카의 곁에 있었으면서…… 나는 토카의 갈등을 눈치채지 못했어……!! 내가 좀 더 주의 깊게 토카를 살폈다면, 이런 일을…… 막을 수 있었을 거야!"

"그래……. 내가 이렇게 된 건 시도, 네 탓이기도 하다."

"역시 그렇구나……!!"

시도가 또 지면을 내려쳤다. 주먹이 깨지면서, 피가 배어 나왔다.

"젠장…… 내 탓에 토카가…… 나의…… 나의……."

그런 식으로 시도가 깊이 후회하고 있던…… 바로 그때였다.

"아직, 포기하기엔…… 일러요!"

"그래! 어울리지 않는 짓 하지 마! 시도!"

두 소녀가 시도의 앞에 나타났다.

요시노와 나츠미…… 둘 다 영장을 걸치고 있었다.

"요, 요시노…… 나츠미……?!"

"이걸 라이벌을 없앨 절호의 기회로 여겨도 되겠지만……."

그 뒤를 이어, 새하얀 천사 같은 소녀가 시도 앞에 나타났다. 마찬가지로 영장을 걸친 오리가미였다.

"이대로 두면 꿈자리가 뒤숭숭할 것 같아. 토카가 아니라, 시도를 위해 힘을 빌려줄게."

"오리가미까지……?!"

그리고—.

"왜 꼴사납게 지면과 키스하고 있는 거야? 평평한 게 좋아? 얼간이 시도."

진홍색 군복을 어깨에 걸친 코토리까지 막대사탕을 입에 문 채 나타났다.

"말했지? 〈라타토스크〉는 시도를 위해 만들어진 기관이라고 말이야. 시도에게 이런 어찌할 수 없는 불합리에 맞설 의지가 있는 한, 우리는 온 힘을 다해 시도를 서포트할 거야."

"코, 코토리……."

"그리고, 시도. 정령을 상대하며 그 어떤 곤란에 직면하더라도, 우리가 할 일에는 변함이 없어……. 그게 아무리 절망적인 상황일지라도…… 안 그래?"

코토리의 꾸중이…….

이곳으로 뛰어와 준 소녀들의 믿음직한 모습이…….

시도의 혼을, 다시 활활 타오르게 했다.

"……맞아. 포기하기엔 아직 일러. 응. 평소처럼 해내겠어! 나는 포기하지 않아! 토카를 반드시 구할 거야! 다들, 나한테 힘을 빌려줘!"

"흥. 그러면 되는 거야."

시도가 그렇게 선언하자, 만족한 것처럼 자신만만한 웃음을 흘린 코토리는 하늘을 올려다보며 선언했다.

"자…… 우리의 〈전쟁(데이트)〉을 시작하자."

──.

뭐, 평소처럼, 이러쿵저러쿵한 끝에—.

──.

"다이어트에 실패해서라고오오오오오오오오오오──?!"

우여곡절 끝에 무사히 토카의 영력을 봉인하는 데 성공한 시도는, 그 이유를 듣고 온몸에서 힘이 쑥 빠져버렸다.

"아니— 저기, 토카?! 반전 직전까지 간 이유가 정말 그거야?! 거짓말이지?!"

"으으…… 미안하다……. 믿었던 보충제가 전혀 효과가 없는 데다…… 오히려 살이 더 쪄서……."

평소처럼 영장이 너덜너덜해지면서 반라 상태가 된 토카는 얼굴을 붉히더니, 울먹거리며 고개를 돌렸다.

"아니, 아무리 그래도, 겨우 그런 걸로…… 안 그래?!"

시도가 동의를 구하듯 다른 이들을 돌아봤지만…….

"뭐, 이해해."

"이해……될 것, 같아요."

"이해해."

"나라면 자살할 거야."

"정말?!"

소녀들 대부분이 긍정적인 반응을 보이자, 시도는 당황할 수밖에 없었다.

"정말 미안하다……. 나, 살쪄서 시도한테…… 미움받기 싫어서…… 살을 빼려고 여러모로 힘썼지만, 전부 효과가 없어서……."

풀이 죽은 토카의 볼을 타고 눈물이 흘러내린…… 바로 그때였다.

"미안해, 토카!"

그런 토카를 향해, 시도가 갑자기 고개를 숙였다.

"시, 시도?"

"내가 잘못했어! 요즘 내가 만드는 요리마다 토카가 기뻐하며 먹어주니까, 너무 우쭐댔어! 요리할 때, 영양 균형과 건강도 생각해야 했어!"

"아…… 시도는 아무 잘못 없다! 잘못한 사람은, 인내심 없이 마구 먹어댄 나다……!!"

"그래도 이번 일은 나한테도 책임이 있다고 생각해. 그러니, 그 책임을 지게 해줘."

"음? 책임?"

시도가 뜻밖의 제안을 하자, 토카는 눈을 껌뻑였다.

"책임? 시도, 아냐. 저딴 여자를 책임질 필요는 없어. 장래에 시도가 책임져줘야 할 사람은 바로 나—."

"아, 그런 이유는 절대 아니니까 좀 물러나 있어 줄래?"

오리가미가 시도를 향해 달려가려 하자, 도끼눈을 뜬 코토리가 그녀의 팔을 움켜잡았다.

두 사람이 그러는 사이, 시도가 토카에게 말했다.

"다음부터는 영양 균형과 칼로리를 계산해서, 건강에도 좋고 칼로리도 낮은데다 맛도 있는 요리를 만들게. 그런 요리도 『MyTube』에서 소개해주거든."

"시, 시도……."

"다이어트는 무리하지 않고 평소 식생활만 개선해도 충분히 효과가 있어. 안심해, 토카. 금방 예전 체중으로 돌아갈 거야."

시도는 위로하듯 그렇게 말하더니, 토카의 어깨를 두드려줬다.

"으으, 시도……. 시도…… 고, 고맙다…… 훌쩍……."

토카는 감격한 건지, 시도의 품에 안겨들었다.

"이걸로 해결된…… 거네요……."

"하아, 별것도 아닌 일 가지고 엄청 소란 피우네."

요시노는 쓴웃음을 머금었고, 나츠미는 어처구니없어했다.

"시도가 저렇게 헌신적으로…… 역시 이 기회를 놓치지 말았어야 했어."

그리고 오리가미는 그런 무시무시한 소리를 중얼거렸다.

그런 다른 이들을 둘러본 코토리도 투덜거렸다.

"그건 그렇고, 다이어트에 실패했다고 반전할 뻔하다니……. 정말 정령에 대해서는 아직 모르는 점이 잔뜩 있는 것 같아.

앞으로 레이네에게 정신 상태만이 아니라, 세세한 체중 변화도 모니터해달라고 말해둘까……."

그렇게…….

체중을 계기로 발생한 이번 소동은 무사히 막을 내렸다.

그리고—.

"시도! 오늘 밥도 참 맛있다! 더 다오!"

"응, 오늘도 건강식이니까 마음 놓고 많이 먹어도 돼."

시도네 집 식탁에서는…….

오늘도 행복한 표정으로 식사를 하는 토카의 힘찬 목소리와, 마찬가지로 행복한 듯이 음식을 더 내주는 시도의 모습을 접할 수 있었다.

"하아~. 일전에는 정말 큰일 나는 줄 알았다니깐."

시도 특제 고기 채소 볶음(물론 맛있다)를 젓가락으로 집으면서, 코토리가 투덜거렸다.

"그 후로 시도가 철저하게 계산해서 준비한 저 칼로리 건강식과, 〈라타토스크〉가 총력을 기울여 짠 다이어트 프로젝트…… 그 덕분에 토카의 체중이 원래대로 되돌아가서, 정말 다행이라니깐……."

그리고, 옆에 앉은 오리가미를 쳐다봤다.

"오리가미도, 토카의 다이어트를 위한 운동 프로그램에 참여해줘서 고마워. 덕분에 효율적으로 토카가 프로그램을 소화할 수 있었어."

"괜찮아. 같은 여자로서, 좀 동정의 여지가 있다고 생각했어."

"응. 고맙다고 생각하긴 하지만, 밀폐 용기에 시도가 먹다 만 요리를 담는 건…… 뭐, 됐어. 잔소리하는 것도 이제 귀찮아."

코토리는 체념했다.

"하지만…… 과식과 체중은…… 저희도 조심해야…… 할 거예요."

"맞아. 시도는 끝도 없이 맛있는 음식을 마구마구 만들어 내니까 말이야."

요시노와 나츠미도 복잡한 표정을 지으며 쓴웃음을 머금

었다.

"으음, 그 점에 관해서는 나도 반성해……. 앞으로는 너희의 건강도 생각하면서 요리를 할게."

시도도 머리를 긁적이며 쓴웃음을 머금었다.

"하지만 살이 빠져서 다행이다! 덕분에 시도의 맛있는 음식을 다시 먹을 수 있게 됐구나!"

당사자인 토카는 기분이 좋아 보였다.

"저기, 말이야……. 이런저런 일이 있긴 했지만, 앞으로도 잘 부탁한다. 시도."

"응, 나만 믿어. 이 집의 식탁은 내가 지키겠어!"

토카가 멋쩍은 듯이 한 말에, 시도는 가슴을 펴며 그렇게 답했다.

소년 소녀들의 평온하면서도 즐거운 식사 시간은, 그렇게 천천히 흘러갔다—.

DATE A LIVE ANOTHER ROUTE

Racing NATSUMI
Author : Yu Shimizu

나츠미 레이싱

시미즈 유우

"……토카, 괜찮아?"

"음, 문제없다. 시도를 믿으마."

시도가 불안한 어조로 말을 건네자, 토카는 자신만만하게 답했다.

그녀의 목소리에서는 시도에 대한 강한 신뢰가 느껴졌다.

"그럼 가자."

시도는 고개를 끄덕이더니, 토카의 보디를 움켜잡고…….

쉬이이이이이이이익—!

찰칵, 하고 스위치를 켰다.

◇

어느 휴일. 시도는 슈퍼마켓에서 저녁 식사용 재료를 사서 돌아가고 있었다.

그가 마침 공원 앞을 지나가고 있을 때…….

쉬———익!

……하는, 낯선 소리가 들렸다.

"……어?"

시도가 눈썹을 살짝 모으며, 그 소리가 들린 방향을 쳐다보니…….

"가라~, 매그넘!"

"지지 마, 소닉!"

공원 미끄럼틀 주위에서 초등학생 몇 명이 모여서 환성을 지르고 있었다.

"흥. 그런 세팅으로 나의 〈슈퍼 나츠미 스페셜〉에 이기려고 하다니, 백 년은 일러."

……아니, 초등학생이 아닌 소녀가 한 명 섞여 있었다.

잘못 봤을 리가 없다. 허름하고 촌스러운 운동복 차림에, 저 꼬불꼬불한 머리카락의 주인은…….

바로 나츠미였다.

"……나, 나츠미. 뭐 하는 거야?"

시도는 의아한 표정을 지으며, 그 모습을 관찰했다.

흙먼지를 일으키며 공원을 질주하고 있는 건, 레이싱카 프라모델 같았다.

시도는 잘 아는 편이 아니지만, 건전지와 모터로 달리는

『미니카』란 레이싱 하비 완구다.

싸고 손쉽게 조립할 수 있는 데다 풍부한 파츠로 커스텀이 가능해서 어른 중에도 빠지는 사람이 속출하고 있으며, 전국적으로 공전절후의 붐……이라고 한다.

공원을 질주하는 『미니카』 중에서도 압도적인 속도를 자랑하는 머신이 있었다. 다른 머신을 순식간에 추월하더니, 골인 지점인 벽에 부딪히고 멈췄다.

"나츠미 누나, 대단해애애애!"

"어떤 개조를 하면 이렇게 빨라지는 거야?"

"흐, 흥……. 이 정도는 별거 아냐."

초등학생 집단에게 둘러싸인 나츠미는 어험 하고 헛기침을 하더니…….

"시판되는 키트를 그냥 조립했을 뿐이고, 모터도 아마미야 모형의 정규 파츠거든. 중요한 건, 정성 들여서 만드는 거야. 접합부가 조금만 어긋나도 주행에 영향이 생기거든."

……하고, 설명하기 시작했다.

소설도 쓰고 만화도 그리는 등, 다재다능한 나츠미는 손재주가 좋아서 『미니카』도 잘 만드는 것이리라.

초등학생 상대로 우쭐대며 조언을 해주는 나츠미를, 시도가 훈훈하게 지켜보고 있을 때였다.

"잘 들어. 『미니카』는 파츠의 성능을 제대로 이해하지 못하……면……."

그제야 나츠미는 공원 입구에 선 시도를 발견한 것 같았다.

"……시, 시도?! 언제부터 거기 있었어?!"

"응. 공원 앞을 지나가는데, 목소리가 들려서—."

시도가 나츠미의 곁으로 걸어가자…….

"다 같이 놀고 있었던 거야?"

"아, 아아, 아냐! 노는 게 아니라, 놀아주고 있었거든?!"

볼이 새빨개진 나츠미가 고개를 세차게 저었다.

"그렇구나. 하긴, 나츠미는 누나니까 말이야."

시도는 쓴웃음을 머금으며 어깨를 으쓱했다.

"아냐. 나츠미 누나가 혼자서 미니카로 놀고 있어서, 우리가 말을 건 거야."

"나츠미 누나가 가장 즐거워했거든?"

"……읏?! 그, 그건, 너희한테 맞춰 주느라……."

나츠미가 초등학생 상대로 발끈하자, 시도는 그녀를 달랜 후에 말했다.

"그럼 나는 먼저 가볼게. 저녁 식사 때까지는 돌아와."

"거, 걱정하지 마. 나도 지금 돌아가려던 참이야."

"어~? 나츠미 누나, 돌아갈 거야~?"

"그러지 말고 한 게임 더 하자~."

"나, 나는 바쁘거든? 애들과 놀아줄 시간 없어."

옷자락을 잡아당기는 초등학생들을 나츠미가 떨쳐내려던, 바로 그때였다.

끼이이이이이이이이잇—!

조그마한 그림자가 지면을 고속으로 달리며, 시도 일행 쪽으로 쇄도했다.

그림자는 번개처럼 지그재그로 움직이더니, 나츠미와 초등학생들의 미니카를 향해 돌진했다.

"……앗?!"

시도는 눈을 치켜떴다.

그 그림자가 지나친, 순간.

지면에 놓여 있던『미니카』가 두 동강 났다.

둔탁한 충격음. 산산조각이 나며 사방으로 흩뿌려지는 미니카의 보디. 처음 한 대에 이어, 그림자는 미니카를 차례차례 덮치며 갈가리 찢었다.

"……아, 아아아앗! 〈슈퍼 나츠미 스페셜〉이……?!"

두 동강이 난 자신의 머신을 본 나츠미가 비명을 질렀다.

순식간에 모든 미니카를 파괴한 그 그림자는 흙먼지를 피우면서 회전하더니, 공원 입구를 향해 달려갔다.

"저, 저게, 뭐야……?"

시도가 얼이 나간 채 멍하니 서 있을 때…….

"후후. 어떤가요? 제 〈샤크 스파이더〉는 파워가 상당하죠?"

"……윽?!"

그림자를 움켜쥔 사람은 옆 마을에 있는 중학교의 교복 차림의 안경 낀 소년이었다.

그리고 안경 낀 소년의 등 뒤에는 같은 학교의 교복을 입은 모히칸 헤어 스타일의 덩치 큰 소년, 그리고 거물 느낌이 감도는 장발 소년이 있었다.

"어이어이, 너무하잖아. 우리 사냥감도 남겨놓으라고."

"흥. 너무 장난치지는 말라고. 목적은 어디까지나 뉴 머신의 성능 테스트잖아."

"후후, 알고 있어요—."

안경을 낀 소년은 손에 쥔 『미니카』의 보디를 혀로 날름 핥았다.

상어를 연상케 하는 흉악한 외형의 『미니카』였다.

……설마, 저 장난감으로 미니카를 두 동강 낸 것일까?

시도 일행이 아연실색하고 있을 때…….

"이, 이게 무슨 짓이야——!!"

두 동강이 난 〈슈퍼 나츠미 스페셜〉을 손에 든 나츠미가 항의했다.

"후후, 당신들의 머신이 약해빠져서 이렇게 된 거예요."

"이 세상은 약육강식이거든. 약한 머신은 사냥당할 뿐이라고."

안경과 모히칸 머리의 소년이 아무렇지 않게 그런 말도 안 되는 소리를 늘어놨다.

"……저, 저 녀석들은 뭐야?"

시도는 초등학생들에게 물어봤다.

"저 녀석들은 미니카 사냥꾼이야!"

"미니카 사냥꾼?"

시도는 낯선 단어를 듣고 미간을 찌푸렸다.

"느닷없이 공원에 나타나서 『미니카』를 박살 내는 녀석들이야."

"다른 공원의 애들도 당했단 소문을 들었어. 드디어 여기에도 나타났구나."

"……아, 아하?"

뭐 때문에 그런 짓을 하는 건지는 솔직히 모르겠지만, 장난감이라고는 해도 이것은 어엿한 기물 손괴죄다. 못 본 척할 수는 없다.

시도는 어험 하고 헛기침을 한 후, 표정을 굳혔다.

하지만 시도보다 먼저 나츠미가 분노를 터뜨렸다.

"……으으! 너, 너희들, 감히 내 〈슈퍼 나츠미 스페셜〉을……!"

두 동강이 난 머신을 손에 쥔 나츠미가 성큼성큼 3인조에게 다가갔지만…….

철푸덕!

마침 발치를 지나친 미니카에 발이 걸린 그녀는 그대로 바닥을 굴렀다.

"으윽…… 이, 게…… 뭐 하는 거야아아아아……."

"나, 나츠미, 괜찮아?!"

나츠미가 울상을 지으며 몸을 일으키자, 시도가 허둥지둥 다가갔다.

“하아. 폭력에 호소하려는 거야? 되게 야만스러운걸.”

나츠미를 넘어뜨린 전갈 같은 형태의 『미니카』는 화려하게 턴하더니, 리더 격인 장발 소년의 손아귀에 들어갔다.

“……으~, 야만스러운 건 어느 쪽인데! 저 애들은 미니카로 놀고 있었을 뿐이잖아!”

“흥, 약한 머신은 이 세상에 필요 없어.”

“그런 겁니다. 불만이 있다면, 저희와 레이스를 해서 이기고 하시죠.”

안경을 낀 소년이 지면에 쓰러진 나츠미를 내려다보며 그렇게 말했다.

“……레이스?”

“일주일 후에 열리는 『텐구컵』에, 우리는 출전할 거다. 그 레이스에서, 안온하기 그지없는 미니카 세계에 파괴 머신의 무시무시함을 널리 알려주겠다!”

“……무슨 소리인지, 잘 모르겠지만…….”

나츠미는 몸을 일으키더니, 3인조를 노려봤다.

“그 레이스에서 내가 이기면, 이딴 짓은 관둬.”

“후후, 좋습니다. 저희에게 이긴다면, 미니카 사냥을 관두도록 하죠.”

“쿠헤헤, 너희의 빈약한 머신으로는 또 박살이나 나겠지만 말이야.”

"한 입으로 두말하지는 않을 거지?"

"어, 어이, 나츠미—."

왠지 분위기가 이상하게 흘러가자, 시도는 걱정된 나머지 말을 걸었지만…….

"좋아. 그럼 그 레이스에서 결판을 내자."

나츠미는 그 3인조를 손가락으로 가리키며, 당당히 말했다.

◇

"—그런 일이 있었어."

시도네 집 부엌. 시도는 충분히 끓인 카레의 맛을 보면서, 공원에서 있었던 일을 코토리에게 보고했다.

"귀가가 좀 늦다 싶더니, 그런 일이 있었구나."

사령관 모드인 코토리가 스마트폰을 조작하며 그렇게 대답했다.

"저녁 다섯 시 경의 일이지?"

"그래……. 어, 뭐 하는 거야?"

"라타토스크에서 나츠미를 항상 감시하고 있거든— 아, 이거구나."

코토리가 스마트폰 화면을 탁 두드리자, 상공 15000미터에서의 영상이 확대되면서 예의 공원이 나왔다. 그 상어 같은 머신이 나츠미와 초등학생들의 머신을 차례차례 박살 내는 영상이다.

"……이게 뭐야. 요즘 장난감은 엄청나네."

"뭐, 나도 보고 놀랐어."

"……어? 이상하네."

코토리는 영상을 일시 정지시키더니, 미심쩍다는 듯이 미간을 찌푸렸다.

그리고 화면을 터치해서 영상을 더 확대하더니—.

"……윽! 말도 안 돼! 거짓말이지?!"

"왜 그래?"

"시도, 이걸 봐—."

코토리는 진지한 표정으로 스마트폰 화면을 시도의 눈앞으로 쑥 내밀었다.

상어 같은 머신의 보디에서, 빛의 칼날 같은 것이 튀어나왔다.

"틀림없어. 이건, 초소형 현현장치(리얼라이저)(顯現裝置)야."

"뭐?!"

리얼라이저는 유닛의 주위에 임의영역(테리터리)을 전개해서 장치의 연산 결과를 현실 세계에 재현하는, 『마법』 같은 엄청난 기술이다. 이 기술을 이용한 CR-유닛은 AST의 메인 병기이며, 사용자의 기량에 따라서는 정령과 대등하게 싸우는 것도 가능하다.

확실히 리얼라이저를 사용한다면, 저런 식으로 미니카를

두 동강 내는 것도 가능하리라.

"어째서 장난감에 리얼라이저가 쓰인 거야? 중학생이 손에 넣을 수 있는 물건이 아닌데다, 애초에 저런 장난감에 탑재할 이유가 없는데……."

코토리가 표정을 굳히며 혼잣말을 하자, 시도도 당혹스러운 표정을 지었다.

◇

시도가 카레 냄비를 안아 들고 거실로 가보니, 이미 정령들이 모여 있었다.

토카와 요시노, 무쿠로, 오리가미, 그리고 야마이 자매가 있었다. 미쿠는 수록 때문에 바빠서 조금 늦는다고 했다. 니아는 원고 마감에 쫓기고 있어서 저녁 먹을 시간도 없다고 한다. 자업자득이라고는 하지만 좀 불쌍하니, 나중에 먹을 것을 챙겨다 줄 생각이다.

나츠미의 모습이 보이지 않았다. 아직 오지 않은 것 같았다.

"시도, 이 냄새는…… 카레냐?"

테이블 앞에 얌전히 앉아있던 토카가 환한 표정으로 그렇게 말했다.

"응. 카레 만드는 영상을 봤거든. 그래서 도전해봤어."

오늘 메뉴는 시판되는 루에 여러 종류의 스파이스를 추가

해서 만든, 꽤 본격적인 버터 치킨 카레다. 동영상 사이트의 요리 프로그램을 보고, 시도해볼 생각이 들었다.

카레 향기가 감돌자, 토카는 귀엽게 코를 킁킁거렸다.

"음, 콩고물빵 냄새가 나는구나."

"어떻게 알았어?!"

시도는 진한 감칠맛을 더하기 위해, 숨김맛 삼아서 콩고물을 조금 넣었던 것이다.

"킁킁. 희미하게 시도 냄새도 나. 숨김맛은…… 시도의 땀?"

"오, 오리가미…… 농담, 이지?"

오리가미가 진지한 표정으로 그렇게 말하자, 시도는 무심코 전율했다.

"크큭, 이 그윽한 향기는 타지에서 온 향신료에서 비롯된 것인가."

"군침. 빨리 먹죠."

"흐음."

야마이 자매와 무쿠로도 카레 향기에 이끌린 것처럼 테이블로 모였다.

단 한 사람, 요시노만은 안절부절못하면서 현관 쪽을 쳐다보고 있었다.

"요시노?"

시도가 말을 건네자, 요시노는 고개를 들었다.

"저기…… 나츠미 씨, 는……."

"아, 그러고 보니 좀 늦네……."

시곗바늘은 일곱 시를 가리키고 있었다.

"저기…… 제가 가볼게요."

"같이 가자. 으음, 다들 먼저 먹고 있어."

—시도와 요시노는 시도의 집 옆에 있는 정령 맨션에 들어갔다.

"그런 일이…… 있었군요."

시도는 나츠미의 방으로 향하면서, 공원에서 있었던 일을 요시노에게 이야기했다.

"응. 그래서 좀 걱정돼."

『으음~, 확실히 걱정될 만하네~.』

요시노가 왼손에 낀 퍼핏 인형, 요시농이 고개를 끄덕였다.

최상층에 있는 방의 인터폰을 눌렀지만 반응이 없었기에, 코토리에게 빌린 인증키를 이용해 문을 열었다.

"나츠미 씨…… 들어갈, 게요."

복도는 어두컴컴했다. 하지만 안쪽 방에서 희미하게 빛이 새어 나왔다.

시도는 숨을 삼키면서 방 안으로 발을 들였다.

그러자, 책상 조명 아래에서 몸을 앞쪽으로 굽힌 채 앉아 있는 나츠미의 모습이 눈에 들어왔다.

책상 위에는 박살이 난 머신의 보디가 놓여 있었다.

"하아, 정말. 이딴 건 장난감에 불과하잖아. 이럴 것까지는, 없는데…….”

나츠미는 꼬불꼬불한 머리카락을 쥐어뜯었다.

두 동강이 난 보디를 접착제로 붙이려는 것 같았다.

“나츠미.”

“……읏?! 어, 시도……와, 요시노?”

시도가 말을 건네자, 나츠미를 뒤돌아보며 눈을 동그랗게 떴다.

“함부로 들어와서 미안해. 저녁때라서 부르러 왔어.”

“뭐. 어…… 벌써 시간이 그렇게 됐어?!”

나츠미는 시계를 보고 놀랐다. 시간 가는 줄 모를 만큼 작업에 몰두했던 것 같았다.

하하, 하고 헛웃음을 흘린 시도는 파츠가 놓여 있는 책상 위를 쳐다봤다.

“수리, 가능할 것 같아?”

“무리야. 설령 수리하더라도, 그딴 머신한테는 못 이겨.”

나츠미는 분한지 입술을 깨물며 고개를 저었다.

“하아아아아아. 나는 왜 해내지도 못할 그딴 소리를 한 거야.”

무릎 사이에 얼굴을 묻은 나츠미가 머리를 감싸 쥐었다.

확실히, 낯가림이 심한 나츠미가 그런 소리를 한 것은 흔한 일이 아니다.

……하지만, 시도는 왠지 이해가 될 것 같았다.

그저 자신의 미니카가 망가진 게 분해서, 가 아니다. 분명 나츠미는 자신과 마찬가지로 미니카가 망가진 초등학생을 대신해 화를 냈다.

"나츠미는 상냥하네."

"뭐…… 어? 무, 무슨 소리를, 하는 거야……."

시도가 그렇게 중얼거리자, 나츠미는 볼을 붉히며 고개를 돌렸다.

"그것보다, 그건 대체 뭐야? 미니카를 간단히 동강 냈잖아."

"그게 말이야. 그 미니카에는 리얼라이저가 쓰였나 봐."

"……뭐?"

나츠미가 미간을 찌푸리자, 시도는 아까 코토리와 나눴던 이야기를 들려줬다.

"뭐, 뭐어?! 그건 반칙이잖아!"

책상을 내리친 나츠미는 발끈하며 벌떡 일어섰다.

"……으~. 그 자식들, 뭐가 『당신들의 머신이 약해빠져서 이렇게 된 거예요』야! 리얼라이저가 달린 미니카라면 정령이 아니면 상대도 안 되잖아."

두 동강이 난 미니카의 잔해를 움켜쥔 나츠미가 분하다는 듯이 입술을 깨물었다.

—바로 그때였다.

"저, 저기…… 나츠미 씨."

요시노가 머뭇거리면서 입을 열었다.

"요시노?"

"혹시, **정령이라면…… 그 사람들에게, 이길 수 있나요?**"

"……뭐?"

나츠미는 한순간, 영문을 모르겠다는 듯이 미간을 찌푸렸지만—.

곧 화들짝 놀랐다.

"아, 안 돼! 만약 요시노한테 무슨 일이라도 생기면—."

"괜찮아요. 저는 나츠미 씨의 힘이 되고 싶어요."

요시노는 나츠미의 얼굴을 똑바로 응시하며, 단호한 어조로 말했다.

『나츠미, 요시농은 한 고집 하거든~?』

"하, 하지만……."

나츠미는 한동안, 망설이는 듯한 표정을 지었지만—.

"……알았어. 요시노, 네 힘을 빌려줘."

이윽고, 결심한 것처럼 고개를 끄덕이며 요시노의 손을 잡았다.

◇

일주일 후. 시도 일행은『텐구컵』의 개최지인 교외의 대형 공원을 찾았다.

광대한 잔디밭에 둘러싸인 이 자연공원에서는 휴일에 콘

서트나 야외 페스티벌 같은 대형 이벤트가 자주 개최된다. 오늘도 공원 입구 근처에는 음식을 파는 수많은 노점이 즐비했고, 마치 축제라도 열린 것처럼 활기가 넘쳤다.

"으으…… 사람이 너무 많아. 토하겠어."

인파를 헤치며 빠져나온 나츠미는 벌써 그로기 상태였다.

"……괘, 괜찮아?"

"으음, 벌써 이래서 레이스에서 괜찮겠어?"

코토리는 걱정스러운지 미간을 찌푸렸다.

"무리일 것 같으면, 나만이라도 출전할게."

공구함을 손에 쥔 시도가 자기만 믿으라는 듯이 그렇게 말했다.

『텐구컵』은 미니카만 있으면 누구라도 자유롭게 참가할 수 있기에, 시도도 레이스에 참전하기로 했다.

그것도 그럴 것이, 상대는 세 명이다. 이쪽이 같은 숫자를 준비해도 불만은 없을 것이다.

남은 한 명은 레이스 예선에 참가 중이라 나중에 합류하기로 했다.

"그건 그렇고, 코스가 엄청나네."

시도는 공원에 설치된 미니카용 코스를 보면서, 어처구니없다는 듯이 말했다.

공원 전체를 이용한, 마치 제트코스터 같은 거대한 코스였다.

"응. 거대 자동차 업체가 몇 곳이나 스폰서로 참가한 것 같아. 아스가르드의 자회사도 있었다니깐."

"……우웩, 여기를 달리는 거야?"

나츠미는 사춘기 소녀가 절대 입에 담지 않을 법한, 두꺼비가 밟혀 죽는 듯한 소리를 냈다.

레이서는 머신과 함께 달리며, 때로는 정비 작업을 할 필요가 있다.

운동을 질색하는 나츠미라면 힘들 것이다.

—바로 그때였다.

"후후, 도망치지 않고 왔군요. 그 용기만은 인정해드리죠."

귀에 익은 목소리를 듣고 고개를 돌려보니…….

"……윽, 너, 너희는……"

안경, 모히칸, 장발로 구성된 예의 3인조가 비웃음을 머금고 있었다.

아니, 그 세 사람만이 아니었다. 그들의 뒤편에는 영화에 나오는 매드 사이언티스트 같은 하얀 가운을 걸친, 대머리 노인이 서 있었다.

"허~허허, 너희가 내 걸작 머신에 도전하는 어리석은 자들이냐?"

"……윽?! 다, 당신은, 설마— 쿠로가미 박사?!"

코토리가 갑자기 경악에 찬 목소리로 그렇게 외쳤다.

"코토리, 아는 사람이야?"

"……응. 직접적인 면식은 없지만 말이야."

코토리는 이마에 맺힌 땀을 닦으며 고개를 끄덕였다.

"원래 DEM 인더스트리의 연구 개발부 소속이었던 천재 과학자야. DEM의 여명기에 입사해서 리얼라이저 개발에 지대한 공헌을 했대. 하지만, 그는 몇 년 전에 DEM에서 해고된 후, 모습을 감췄어."

"해고? 어째서……."

"그의 아이디어가 지나치게 기발해서야."

"……그건, 좋은 거 아냐?"

시도는 미간을 찌푸렸다. 하지만 코토리는 고개를 저었다.

"그는 온갖 가전제품에 리얼라이저를 탑재하려고 했어. 에어컨, 공기청정기를 비롯해, 게임기, 청소기, 전자레인지, 그리고 밥솥에까지—."

"……으음, 그건 너무 기발하긴 하네."

애초에 리얼라이저는 적성이 없는 일반인은 쓸 수 없다.

"결국 예산을 그런데다 과도하게 쓴 것을 상층부에 들켜서 해고됐는데, 설마 장난감에 탑재할 수 있을 정도의 소형 리얼라이저를 개발하다니……."

"허~허허, 머지않아 내가 개발한 파괴형『미니카』가 병기로서 전 세계의 전장을 석권할 거다. 나를 추방한 DEM의 멍청이들과 세상 사람들에게, 내 연구가 옳다는 것을 증명해주마아아아아아아!"

"……그렇겐 안 돼."

"뭐?"

매드 사이언티스트는 갑자기 웃음을 멈추더니, 나츠미를 내려다봤다.

"우, 우리가 레이스에서 이기면, 약속대로 미니카 사냥을 관둬줘야겠어."

그 무시무시한 눈빛에 주눅이 들었지만, 나츠미는 끝까지 말했다.

쿠로가미 박사는 흥, 하고 조소하듯 코웃음을 쳤다.

"좋다. 내 연구자 생명을 걸고 만들어낸 궁극의 파괴 머신이 별것도 아닌 머신에게 지는 일 따위는 절대 일어나지 않을 테니 말이다."

"별것도 아닌 머신? 과연 그럴까—."

나츠미는 들고 있던 공구함을 열더니…….

"이게 바로, 나의 새로운 머신— 〈네오 요시농XX(더블 엑스)〉야!"

미니카 한 대를 꺼냈다.

눈처럼 새하얀 컬러링의 보디, 토끼의 귀를 연상케 하는 유선형 리어윙, 그리고 호일에는 토끼 모양 퍼핏 인형 그림이 각인되어 있었다.

"아니, 오리지널 머신이라고?!"

쿠로가미 박사가 경악하며 눈을 치켜떴다.

"박사님, 저 머신은 대체……?"

“흥, 당황할 것 없다. 풋내기가 개조한 오리지널 머신 따위는 내가 창조한 최고걸작, 〈샤크 스파이더〉, 〈콜로서스G〉, 〈헬스콜피온〉 앞에서는 일개 장난감에 지나지 않아!”

“그, 그래요, 박사님.”

“저 새 머신도 또 박살을 내주겠어요.”

“그래. 가루로 만들어주자고.”

“허~허허허. 각오해둬라.”

쿠로가미 박사와 3인조는 웃음을 터뜨리며 사라졌다.

그 뒷모습을 노려보며…….

“두 사람 다, 저딴 녀석들한테 지면 안 돼.”

코토리가 그렇게 말하자, 시도와 나츠미는 고개를 굳게 끄덕였다.

◇

『자~, 착한 아이 여러분~. 머신 준비는 마쳤나요~?』

무대에 설치된 거대 스피커에서 익숙한 목소리가 흘러나왔다.

무대 위에서 마이크를 쥐고 있는 건, 레이싱퀸 코스튬을 입은 미쿠였다.

그녀는 갑자기, 이 『텐구컵』의 중계 역할로 발탁된 것이다.

물론 우연은 아니다. 일주일 전에 나츠미가 레이스에 나간다는 말을 들은 미쿠가 그 자리에서 매니저에게 연락해서, 이 일거리를 차지한 것이다. 갑작스러운 일이기는 했지만, 주최자 측에도 이자요이 미쿠의 제안을 거절할 이유는 없었을 것이다.

『텐구 시의 미니카 레이서의 정점을 정하는 「텐구컵」. 참가 머신은 이백 대. 오전부에서 치른 타임 어택 예선을 통과해 결승에 남은 강호 머신은 스무 대. 과연 몇 대가 골인할 수 있을까요. 주목받고 있는 레이서는 미니카계에 느닷없이 나타난 새로운 별, 나츠미 양. 아아, 오늘도 큐트하고 참 귀여워요~!』

"자, 잠깐만, 무슨 소리를 하는 거야!"

머신을 세팅하던 나츠미는 무대를 돌아보며 고함을 질렀다.

"저기, 나츠미 씨…… 오른쪽 롤러의 나사가 약간 헐렁한 것 같아요."

"아, 미안해……. 잠시만 기다려."

요시노의 말을 듣고 허둥지둥 고개를 끄덕인 나츠미는 드라이버로 〈네오 요시농XX〉를 다시 조였다.

"고마……워요, 나츠미 씨."

"고맙단 말을 해야 할 사람은 나야, 요시노. 무리하게 해서 미안해."

나츠미는 〈네오 요시농XX〉를 향해 고개를 살짝 숙였다.

그렇다. 나츠미가 준비한 비장의 카드, 새 머신의 정체는 바로 나츠미의 천사 〈위조마녀(하니엘)〉의 힘으로 미니카로 변화한 요시노였다.

리얼라이저를 탑재한 머신에게 대항하기 위해서는, 정령을 미니카로 만들 수밖에 없다.

일전에 요시노가 한 제안은 대담하기 그지없는 발상이었다.

―그리고, 시도의 머신도 물론…….

"……토카, 괜찮아?"

"음. 문제없다. 시도를 믿으마."

쉬―――익!

시도가 스위치를 켜자, 〈토카 세이버〉에서 경쾌한 모터음이 흘러나왔다.

곳곳에 클리어 파츠를 사용한 칠흑빛 보디, 그리고 예리한 대검 같은 형태는 정면에서 불어오는 바람을 가르면서 직선코스에서의 가속에 유리하게 작용했다.

"조금만 더, 웨이트의 밸런스를 조절하는 편이 나으려나."

시도는 고개를 살짝 갸웃거리더니, 공구함에서 교환 파츠를 꺼냈다.

미니카의 주행은 세팅에 의해 크게 달라진다. 속도를 추구하는 건 물론이고 코스 아웃하지 않도록 중심 밸런스를 잡는 것도 중요하기에, 코스에 맞춘 파츠를 골라야 한다. 〈토카 세이버〉에는 그립력이 뛰어난 특수 고무 타이어와 소형 호일을 채용했고, 롤러는 볼 베어링이 내장된 것을 채용했으며, 샤시의 강도를 높이기 위해 카본 플레이트를 이용한 보강도 했다.

장난감 같아 보이지만 실은 매우 심오했다. 어젯밤에는 세팅에 너무 열중한 나머지, 시도는 밤늦게까지 작업에 몰두했다.

그런 시도의 옆에서는…….

“훗, 이 몸은 하늘을 달리는 구풍(颶風)의 마신(魔神). 지금은 마신과 머신의 발음이 비슷한 점을 이용한 언어유희이니라.”

“타도. 진검승부인 만큼, 시도와 나츠미가 상대일지라도 봐주지 않겠어요.”

칠흑색 머신을 손에 쥔 유즈루가 시도와 나츠미를 손가락으로 가리키며 그렇게 말했다.

나츠미가 참가 선수가 되어달라고 부탁한 정령은 바로 야마이 자매였다.

두 사람 다 부탁을 받자마자 쾌히 승낙했지만, 그녀들은 승부 자체에 순수하게 흥미를 느낀 것 같았다.

카구야가 〈하니엘〉로 변화한 머신 〈구풍마신(슈출마시너)〉의 보디는 최대한 납작한 디자인으로, 공력(空力) 효과를 최대한 높이고 있다.

확실히 유즈루보다 카구야가 에어로 효과가 뛰어나긴 하겠지, 하고 시도는 생각했다.

"저기, 시도. 혹시 무례한 생각 안 했어?"

"아, 아냐. 디자인이 참 멋지다고 생각했을 뿐이거든?"

그런 대화를 주고받고 있을 때였다.

『자, 드디어 레이스를 시작하겠어요~! 선수 여러분, 출발 위치로 와주세요!』

미쿠의 실황 음성이, 레이스가 곧 시작된다는 것을 알려줬다.

예선을 돌파한 스무 대의 머신이 출발 위치에서 모터음을 냈다.

그리고—.

『—레디 고~!』

미쿠의 구령에 맞춰, 일제히 출발했다.

◇

레이스가 시작되자마자, 파란의 막이 올랐다. 출발 위치에서 20미터 지점에서 칸막이가 사라지더니, 각 코스가 하나로 합쳐진 것이다.

『오오, 시작부터 충돌이 발생했습니다! 머신이 연이어 허공을 가르는군요!』

합류 지점에서 충돌한 미니카가 코스 밖으로 튕겨났다.

"……초반부터 난폭한 전개가 벌어졌네."

코토리는 관객석에서 무대에 설치된 대형 모니터를 올려다보면서 그렇게 중얼거렸다.

"아하~. 알겠다~. 경량화에 신경 쓰느라 안정감이 없는 머신은 여기서 다 탈락하는 거구나. 코스 설계자는 꽤 심술궂은걸~."

코토리의 옆에 있는 니아가 노점에서 사온 훈제 오징어를 우물우물 씹었다.

벌써 맥주 한잔 걸쳤는지, 얼굴이 벌겠다.

"뭐. 여기서부터는 한동안 직선 코스니까, 토크보다 회전수를 중시하는 모터를 탑재한 소년이 유리하려나~?"

"니아, 꽤 잘 아나 보네……."

"맞아~. 밤샘 작업만 아니었으면, 나도 애마인 아반테로 출전하고 싶었어~."

"니아, 너 몇 살이야……?"

"앗, 저기 봐. 소년의 머신이 앞서나가는 것 같아."

도끼눈을 뜬 코토리를 무시한 니아가 모니터를 손가락으로 가리켰다.

◇

"허억허억…… 하아하아, 더…… 더는…… 무리야. 힘들어……."

초반의 수십 미터를 달렸을 뿐인데, 나츠미는 이미 숨이 턱까지 찼다.

"화, 확실히 운동 부족인 사람은…… 힘들 거야."

모터로 달리는 미니카와 나란히 뛰는 건, 고등학생인 시도도 꽤 벅찼다.

……이상하다. 미니카 애니메이션에서는 다들 여유롭게 뛰던데 말이다.

"—오오. 바람이 참 기분 좋구나, 시도."

한편, 선두 집단에서 앞서 나간 토카는 왠지 기분이 좋아 보였다.

〈토카 세이버〉는 직선을 중시한 세팅이다. 초반에 단숨에 치고 나간 후, 끝까지 도망치자는 작전이다.

심플하지만, 이게 토카의 성격에 가장 맞을 거라고 생각했다.

"좋아, 토카. 이대로 도망치자."

"음, 나만 믿어라!"

50미터나 이어지는 직선 코스에서, 토카는 더욱 속도를 냈다.

시도는 그런 토카의 옆에서 필사적으로 뛰면서, 뒤편을 힐끔 쳐다봤다.

〈네오 요시농XX〉와 〈슈츨마시너〉는 선두 집단 안에서 경쟁 중이었다.

쿠로가미 박사가 이끄는 예의 3인조는 한참 뒤편에 있는 것 같았다.

아직 본격적으로 달리지 않는 걸까. 아니면—.

시도가 그런 생각을 하고 있을 때, 직선 코스 도중에서 토카의 속도가 갑자기 떨어지기 시작했다.

"토카, 왜 그래?!"

당황한 시도가 말을 걸었다.

벌써 과열에 의해 모터가 피폐해진 걸까.

"……미, 미안하다, 시도."

토카는 겸연쩍은 어조로 말했다.

"머신으로 변하기 전에, 노점에서 팔던 콩고물빵을 한 개 사 먹었다!"

"시, 신경 쓰지 마! 아마, 그것과는 상관없을…… 거야."

"그, 그럴까?"

"아마도……."

……아니, 어쩌면 조금은 상관이 있을까?

바로 그때였다. 등 뒤에서 콰직 하며 뭔가 부서지는 소리가 들렸다.

"……윽?!"

뒤를 돌아보니, 산산이 박살 난 미니카의 보디가 코스에 흩뿌려지고 있었다.

"후후, 슬슬 사냥을 시작할까요."

"헤헤, 모든 머신을 파괴하려고, 일부러 속도를 안 낸 거라고!"

쿠로가미 박사의 파괴 머신, 〈샤크 스파이더〉와 〈콜로서스G〉가 후방에서 달리던 미니카를 차례차례 파괴하며 코스 밖으로 날려버리고 있었다.

"……토카, 시작됐어. 조심해!"

"음, 시도. 하지만, 코스가 바뀌었다—."

직선 코스 다음은 구불구불한 커브가 이어지는 코스였다.

여기는 〈토카 세이버〉가 어려워하는 곳이다. 한편, 코너링을 중시한 〈네오 요시농XX〉는 가변형 댐퍼와 베어링 롤러를 이용한 매끄러운 코너링으로 쑥쑥 차이를 좁혔다.

"하아하아……. 요, 요시농, 괜찮아? 벽에 부딪혀서 아프지 않아?"

"괜찮……아요. 롤러가, 충격을 흡수해주거든……요."

『자, 요시농의 화려한 드리프트를 보여주겠어~.』

타이어의 호일에 새겨진 『요시농』 일러스트가 말했다.

"저, 저기, 나츠미 씨야말로…… 힘들지 않나요?"

"하아…… 하아…… 괘, 괜찮……아……!"

나츠미는 숨을 헐떡이면서도 엄지를 치켜들었다.

바로 그때, 고오오오~ 하고 강한 바람이 불면서 나츠미의 꼬불꼬불한 머리카락이 격렬하게 흩날렸다.

"……으극?!"

커브가 이어지는 코스 끝에, 수많은 거대 선풍기가 등장했다.

태풍 시뮬레이션 실험에 쓰이는, 바로 그것이었다.

『나왔습니다~, 『텐구컵』의 심벌인 거대 선풍기 존입니다! 수많은 머신을 탈락시키는 악마의 영역, 운영 측은 대체 무슨 생각인 걸까요~!』

강풍이 휘몰아치자, 지나치게 경량화한 머신이 하나하나 코스 밖으로 이탈했다.

"……뭐 이딴 코스가 다 있어어어어어!"

정면에서 강풍을 쐰 시도가 볼이 바람 탓에 파도치는 상황에서 태클을 날렸다.

"토카, 괜찮아?!"

"음, 이딴 바람쯤은 아무것도 아니다!"

바람 때문에 속도가 조금 떨어졌지만 〈토카 세이버〉는 안정적인 주행을 선보였다.

경량화가 과했던 건 아닌지 걱정했지만, 콩고물빵으로 중량을 늘린 탓인지 바람의 영향을 최소한으로 받고 있었다.

—하지만 그런 〈토카 세이버〉를 머신 한 대가 순식간에 추월했다.

"크큭, 이 몸은 구풍의 황녀. 칠흑빛 흉풍(凶風)이여, 나에게 금기의 힘을 부여하라!"

"기회. 카구야의 평평한 보디는 바람을 아군으로 삼는 에어로 구조에요."

“저기, 유즈루? 방금 내 험담하지 않았어?!”
“실언. 아무 말도 안 했어요.”
“방금 실언이라고 했잖아!”
그런 말다툼을 이어가며, 〈슈츨머시너〉는 바람을 받아 더욱 가속했다.

◇

『자, 이 상황에서 유즈루 선수의 머신이 더욱 가속했습니다! 가속의 비밀은 평탄한 보디일까요~? 참고로, 저는 출렁거릴 만큼 풍만한 유즈루 양도, 한 손에 쏙 들어오는 카구야 양도, 다 좋아요~!』
“……아니, 쟤가 지금 무슨 소리를 하는 거야?!”
자유분방한 미쿠의 실황을 관객석에서 들은 코토리가 식은땀을 흘렸다.
“저 평탄한 보디가 공력(空力) 효과에 따른 강렬한 다운포스를 자아낸 것 같네.”
“……다운포스라는 게 진짜로 존재하는 거야?”
니아가 전문가라도 되는 듯한 표정으로 그렇게 해설하자, 코토리는 미심쩍은 시선을 보냈다.
야마이 자매가 바람의 정령이 지닌 권능을 발현시킨 것처럼 보일 뿐인데 말이다.

"—어머, 어머. 미니카에서 다운포스는 매우 중요하답니다."

코토리의 옆에 앉아있던 소녀가 갑자기 입을 열었다.

반바지와 티셔츠 차림에 까맣게 탄 피부를 지닌 그녀는 언뜻 보면 소년 같아 보였다.

야구모자를 깊이 눌러쓴 탓에, 얼굴은 잘 보이지 않았다.

"바람에 날려간 머신은 무리한 경량화 탓에 공력 효과가 감소된 것이죠. 너무 무거운 것도 좋지 않지만, 지나친 다이어트는 역효과를 낳는답니다."

"……누, 누구야?"

코토리는 눈썹을 살짝 모았다.

"후후…… 저는, 소년의 취미를 가리지 않고 사랑하는 『저』랍니다."

"진짜로 누군데?!"

◇

"큭, 생각했던 것보다, 바람의 기세가 강해……!"

거대 선풍기의 바람에 저항하며, 시도는 필사적으로 달려 나갔다.

바람을 아군 삼은 야마이 자매는 한참 앞서나가고 있었다.

"자, 이제 우리 차례라고!"

등 뒤에서는 세 대의 파괴 머신이 쫓아오고 있었다.

빛의 칼날로 머신을 찢어발기는 〈샤크 스파이더〉.
테리터리의 중력장으로 머신을 짓뭉개는, 초중량급 머신 〈콜로서스G〉.
그리고 아직 능력이 밝혀지지 않은 〈헬 스콜피온〉.
리얼라이저의 테리터리를 전개한 세 대의 머신은 강풍을 전혀 개의치 않았다.
"……큭. 나츠미, 조심해. 덤벼들 거야!"
"뭐엇?! 자, 잠깐만?!"
나츠미가 다급하게 비명을 질렀다.
"후후! 일전의 머신처럼, 또 두 동강을 내드리죠!"
〈샤크 스파이더〉가 프런트 범퍼에 리얼라이저의 칼날을 발생시켰다.
"꺄앗!"
끼이이이이이이이이익!
요시노는 쇄도하는 칼날을 아슬아슬하게 피했다.
빛의 칼날은 코스 외벽을 도려냈다.
"흐음, 용케 피했군요."
"흥, 어디 이것도 피할 수 있을까! 콜로서스G 크래시!"
초중량급 머신 〈콜로서스G〉가 점프하더니, 비틀거리는 요시노를 덮쳤다.
"—요시노!"
앞에서 달리던 토카가 갑자기 급감속하더니, 요시노와 충돌해서 튕겨냈다.

콰과과광!

〈콜로서스G〉의 차체가 낙하하자, 코스에 거대한 구멍이 뚫렸다.

튕겨 난 〈네오 요시농XX〉는 어찌어찌 균형을 잡았다.

"토카 씨…… 고마, 워요……."

"시도, 저 녀석한테 짓눌렸다간 아무리 정령이라도 찌부러질 것이다."

"……응, 그래."

달리고 있는 시도의 이마를 타고 식은땀이 흘러내렸다.

"훗, 당신의 머신부터 해치워드리죠!"

안경 쓴 소년이 조종하는 〈샤크 스파이더〉가 이번에는 토카를 노렸다.

"토카!"

시도가 고함쳤다.

그 순간, 〈토카 세이버〉의 프런트 범퍼가 밀려 올라가면서 날카로운 블레이드로 변형했다.

"아니?!"

변형한 〈토카 세이버〉의 형태는 〈오살공(鏖殺公)(산달폰)〉의 칼날 같았다.

키이이이이이잉!

불똥이 튀었다. 리얼라이저의 칼날이 튕겨 나면서, 〈샤크 스파이더〉가 밀려났다.

"아니, 내 〈샤크 스파이더〉의 공격이……?!"

"이딴 건 오리가미의 공격에 비하면 아무것도 아니지."

"젠장, 한 번 더 가자! 찢어 발겨버려, 〈샤크 스파이더〉!"

리얼라이저의 칼날과 〈토카 세이버〉의 블레이드가 교차됐다.

불똥이 튀는 데드히트였다. 마치 AST의 마술사(위저드)와 정령의 전투 같았다.

"나츠미, 여기는 나와 토카가 막겠어. 먼저 가!"

"하, 하지만, 시도……."

"걱정하지 마. 나중에 꼭 쫓아갈게."

"……윽. 아, 알았어."

나츠미는 입술을 깨물며 고개를 끄덕였다.

『나한테 맡겨, 시도 군.』

"어이쿠, 놓칠까 보냐!"

"이 머신의 처리는 너한테 맡기지."

〈콜로서스G〉와 〈헬 스콜피온〉이 〈네오 요시농XX〉를 쫓아갔다.

다음 코스는 엄청난 경사를 자랑하는 비탈길이었다.

◇

『자, 거대 선풍기 존 다음은 비탈길로 이뤄진 슈퍼 업다운 힐! 마치 제트 코스터 같은 고저차를 자랑하는 코스예요~!』

"으음, 이 급한 비탈길 코스는 토크가 없는 머신에게 불리하겠네~."

레이스도 종반에 이른 가운데, 흥분의 도가니가 된 관객석에서는 니아가 맥주를 벌컥벌컥 들이켜고 있었다.

"네, 나츠미 양의 〈네오 요시농XX〉은 코너링을 중시한 세팅이 되어 있죠. 여덟 개나 되는 롤러의 중량 탓에 비탈길에서는 힘들 것 같군요."

"흐음. 너, 뭘 좀 아는구나."

"저는 미니카에 관해서는 꽤 박식하답니다."

반바지에 야구 모자를 눌러쓴 소녀가 후후후 하고 자신만만한 미소를 흘렸다.

"그러니까, 너는 대체 누구야?!"

코토리가 딴죽을 날린 바로 그때였다.

야구모자를 쓴 소녀의 발치에서 그림자가 꿈틀거리더니—.

"드으으으으으디어, 찾았어요오오오오, 『저』!"

좌우 불균형의 투 테일과 고스로리 패션을 한 소녀가 갑자기 튀어나왔다.

"꺄앗…… 어, 쿠루미?"

“코토리 양, 못난『제』가 폐를 끼쳤나 보군요. 자, 얌전히 돌아가죠. 소년의 마음을 지닌 레이싱 하비 취미의『저』!”

“너무해요! 하다못해 이 레이스만이라도 끝까지 보고…… 우으읍!”

“후, 후후…… 실례했군요, 코토리 양. 시도 씨에게도 안부 전해주세요.”

저항하는 소녀의 움켜쥔 코토리는 그대로 그림자 안으로 끌고 들어갔다.

“……진짜로 뭐가 어떻게 된 거야?!”

◇

“하아, 하아, 하아하아하아하아하아……. 더는, 무리야…….”

언덕을 올라가는 비탈길 중간에서, 나츠미는 힘없이 철퍼덕 쓰러졌다.

“나츠미 씨, 괜찮……으세요?!”

“미안해, 요시노……. 더는, 무리야…….”

나츠미는 어깨를 들썩이며 거칠게 숨쉬었다.

『나츠미, 걔들이 뒤쪽에서 다가와~.』

요시농의 목소리를 듣고 퍼뜩 놀라며 뒤를 돌아보니…….

〈콜로서스G〉와 〈헬 스콜피온〉 이 두 대의 머신이 비탈길을 올라오며 다가왔다.

나츠미의 얼굴이 새파랗게 질렸다. 초중량급 머신의 코스를 박살 낼 정도의 몸통 박치기 공격. 그런 것을 맞았다간 요시노가 으스러지고 말 것이다.

"……윽! 가, 가자, 요시노!"

나츠미는 다시 몸을 일으키더니, 비탈길을 뛰어 올라갔다.

금방이라도 숨이 끊어질 듯한 표정으로, 비탈길의 꼭대기까지 단숨에 뛰어 올라갔다.

그러자 내리막길을 질주하고 있는 야마이 자매의 모습이 눈에 들어왔다.

"유즈루, 벌써 따라잡혔거든?!"

"경악. 그 강풍을 돌파한 건가요."

야마이 자매의 목소리에 초조함이 어렸다.

가속을 중시한 〈슈츨머시너〉는 토크가 필요한 비탈길에 적합하지 않다. 거대 선풍기 존을 돌파한 후로는 업다운이 격렬한 코스에서 고전하고 있다.

"흥, 마침 잘 됐어. 우선 선두부터 박살내자—."

"헤헷, 알았다고! 받아라, 콜로서스G 크래시!"

모히칸이 흉흉한 미소를 머금었다.

〈콜로서스G〉가 비탈길의 꼭대기에서 중력장 테리터리를 펼쳤다. 점프한 초중량급 머신은 〈네오 요시농XX〉를 뛰어넘더니, 선두에서 달리는 〈슈츨머시너〉를 노렸다.

"우왓, 뭐야뭐야?!"

"경계. 카구야, 피하세요!"

"어어, 갑자기는 무리—."

콰아아아아아아아아아앙!!

〈콜로서스G〉가 낙하하자, 코스 파편이 사방으로 튀면서 흙먼지가 피어올랐다.

"헤헷, 한 놈 정리— 아닛?!"

모히칸이 경악을 금치 못하며 눈을 치켜떴다.

짓뭉갠 줄 알았던 〈슈츌머시너〉의 잔해가 그 어디에도 없었던 것이다.

"조소. 그딴 둔중한 머신으로는 바람을 움켜잡을 수 없어요."

"흐흥, 그렇게 된 거야—."

모습을 감췄던 카구야는 **코스의 벽면을 달리고 있었다.**

바람의 힘으로 벽에 달라붙어서, 깔아뭉개려 하는 〈콜로서스G〉를 피한 것이다.

『오오, 벽타기! 벽타기입니다! 강력한 다운포스로 코스의 벽에 차체를 붙인 채 달리고 있군요!』

물론 실제로는 다운포스가 아니라 야마이 자매가 펼친 정령의 힘이 작용한 것이다.

바람을 두르고 지면을 달리는 것과 마찬가지로, 〈슈츌머시너〉는 코스의 벽면을 질주했다.

그리고—.

"저기, 유즈루! 코스가 끊겼거든?!"

카구야가 당황한 목소리로 그렇게 외쳤다.

전방 20미터 앞에서, 코스가 끊어져 있었던 것이다.

『자, 「텐구컵」 마지막 관문은 대형 점프대. 밸런스가 나쁜 머신, 제대로 가속하지 않은 머신은 그대로 낙하해서 박살 나고 맙니다! 운영 측은 진짜로 무슨 생각인 걸까요~!』

"기회. 카구야, 골까지 단숨에 날아가죠."

"뭐, 진심이야?!"

"긍정. 카구야라면, 분명 해낼 수 있어요."

"……아, 알았어. 해볼게!"

부아아아아아아아아아아앙—!

〈슈츌머시너〉가 점프대 앞에서 바람을 두르더니, 단숨에 가속했다.

그리고—.

""야마이 토네이이이이이이이이이이도!!""

야마이 자매가 한목소리로 그렇게 외친 순간, 〈슈츌 머시너〉는 허공을 날았다.

휘리리리리리리리리리릭—!

"크큭, 이 몸은 하늘을 가르는 구풍의 마신— 어, 눈이 빙빙 돌아아아아아아!"

『앗, 날았습니다! 〈슈츌머시너〉가 하늘을 날았어요오오오오오! 공중에서 차체를 탄환처럼 고속 회전시키면서, 궤도를 안정시키고 있군요~!』

흥분한 미쿠의 실황 중계가 울려 퍼졌다.

—바로 그때였다.

"이 순간을 기다렸다! 가라, 〈헬 스콜피온〉!"

3인조의 리더 격인 장발 소년이 자신만만한 미소를 머금었다.

전갈 모양의 머신, 〈헬 스콜피온〉의 꼬리가 변형하더니, 그 끝부분이 치켜 올라갔다.

"경계. 카구야, 뭔가 수작을 부리려나 봐요."

"흥, 소용없어. 이쪽은 공중에 있으니까— 아앗?!"

공중을 날던 카구야가 보이지 않는 무언가에 튕겨 났다.

카구야는 공중에서 균형을 잃더니, 그대로 지면을 향해 추락했다.

"꺄——아——."

"실수. 카구야!"

유즈루가 허둥지둥 코스를 벗어나더니, 추락한 카구야를 주우러 달려갔다.

"훗, 이 〈헬 스콜피온〉의 보이지 않는 바늘은 그 어떤 머신도 피할 수 없지."

"……야, 약았어! 발사 무기 같은 걸 써?!"

〈헬 스콜피온〉의 옆에서 달리던 나츠미가 항의했다.

"흥, 레이스에서는 승리가 전부지. 자, 다음은 네 차례다!"

〈헬 스콜피온〉이 꼬리를 치켜들더니, 리얼라이저로 생성한 눈에 보이지 않는 바늘을 발사했다.

"꺄아아아앗!"

눈에 보이지 않는 바늘이 〈네오 요시농XX〉의 리어윙을 박살 냈다.

"요시노, 도망치자!"

"아, 네!"

"어이쿠, 놓칠까 보냐!"

앞서서 달리던 〈콜로서스G〉가 속도를 낮추더니, 몸통 박치기를 날렸다.

테리터리의 중력장에 닿은 〈네오 요시농XX〉의 롤러가 튕겨 나갔다.

"요시노!"

"하하하! 좋아, 이대로 짓뭉개주마아아아아아아아아아!"

"아, 안 돼애애애애애앳!"

—바로 그때, 새하얀 〈네오 요시농XX〉의 바디가 눈부신 빛을 뿜었다.

쩌적, 쩌저저저적—!

순식간에 코스가 서리로 뒤덮이더니, 주행하는 요시노의 주위가 얼음으로 뒤덮였다.

요시노의 정신 상태가 불안정해지면서, 영력 중 일부가 역류한 것이다.

타이어가 얼음에 닿은 〈콜로서스G〉가 그대로 미끄러졌다.

"아, 아니?!"

"요시노, 진정해!"

나츠미는 달리면서, 정신이 불안정해진 요시노에게 말을 건넸다.

이대로 불안정한 상태가 이어지면 〈하니엘〉의 변신도 풀리고 만다.

"네…… 괘, 괜찮……아요."

나츠미의 목소리를 듣고 진정한 건지, 요시노의 주위에서 얼음이 녹으며 사라졌다.

더욱 가속한 요시노는 그대로 점프대를 뛰어넘었다.

그 너머는 마지막 직선 코스였다.

◇

끼리리리리리리리리리리리리릭!!

불꽃 튀는 격렬한 데드히트를 펼치고 있는 토카와 〈샤크 스파이더〉.

칼날이 달린 미니카의 격돌은, 점프대에서 결판이 났다.

칼날을 맞댄 채 동시에 점프한 두 대의 머신은 공중에서 격렬하게 충돌했다.

그리고 그대로 튕겨나더니, 아래편의 지면에 추락한 것이다.

"말도 안 돼! 내 〈샤크 스파이더〉가……!"

"토카!"

시도는 낙하하는 토카를 쫓아, 코스 아래편으로 뛰어내렸다.

급경사인 언덕을 굴러 떨어지듯이 미끄러져 내려갔다.

쉬익— 하는 모터음이 들리는 곳으로 뛰어가 보니…….

지면에 뒤집혀 있는 토카의 타이어가 공회전하고 있었다.

"토카, 괜찮아?!"

"윽…… 시도…… 미안……하다."

허둥지둥 주워 들어보니, 〈토카 세이버〉의 보디에 금이 가 있었다.

낙하 충격 때문으로만 생긴 것이 아니다. 〈샤크 스파이더〉와의 연이은 격돌로, 대미지가 꽤 축적되어 있었던 것이다.

샤프트가 휘어진 건지, 타이어의 회전이 이상했다.

이대로는 일직선으로 달리지도 못할 것이다.

"……탈락인가."

시도는 그렇게 중얼거렸다. 더는 토카에게 무리를 시킬 수 없다.

뒷일은, 나츠미와 요시노에게 맡길 수밖에—.

바로 그때였다. 등 뒤에서 저벅 하고 발소리가 들렸다.

시도가 뒤를 돌아보니…….

"포기하기엔 아직 일러."

"긍정. 유즈루들도 협력하겠어요."

"……유즈루, 카구야?"

점프대에서 추락한 야마이 자매였다.

"구풍의 힘 일부를, 권속인 그대에게 빌려주겠노라."

"……?"

"번역. 카구야의 파츠를 써서, 응급처치를 해주세요."

유즈루는 카구야에게서 분리한 일부 파츠를 시도에게 내밀었다.

"……괜찮겠어?"

"수긍. 유즈루들의 몫까지 달려주세요."

유즈루는 고개를 끄덕였다.

시도는 파츠를 건네받은 후, 손에 쥔 〈토카 세이버〉를 쳐다봤다.

"……토카, 더 달릴 수 있겠어?"

"음. 나만 믿어라, 시도."

시도의 질문에, 토카는 힘차게 답했다.

◇

『자, 드디어 레이스는 최후반! 길이 100미터의 스카이 브리지에 이르렀습니다. 선두에서 달리는 나츠미 양의 〈네오 요시농XX〉를, 무시무시한 파괴 머신 〈콜로서스G〉와 〈헬 스콜피온〉이 맹렬히 추격하고 있습니다! 나츠미 양, 이제 얼마 안 남았어요! 멋진 레이싱 퀸이 골에서 기다리고 있답니다~!』

"허억, 허억, 허억…… 재, 재가 무슨 소리를, 하는 거야……."

나츠미는 격렬하게 헐떡이면서, 새파랗게 질린 얼굴로 달렸다.

이미 500미터 이상 달렸을까. 평소 체육 수업조차도 힘들어하는 나츠미로서는 이미 체력이 바닥나도 이상하지 않을 수준의 고행이지만, 불가사의하게도 어찌어찌 버티고 있었다.

이건, 혹시…… 하고, 나츠미는 문뜩 생각했다.

아까부터 나츠미의 이름을 부르고 있는, 실황을 맡은 미쿠의 『목소리』.

그 목소리가 나츠미에게 활력을 주고 있는 걸지도 모른다.

"……이, 일단, 감사해둘게."

나츠미가 작은 목소리로 그렇게 중얼거린, 바로 그때였다.

갑자기 앞에서 달리는 〈네오 요시농XX〉의 후륜 타이어가 터졌다.

"……윽?!"

등 뒤를 돌아보니, 〈헬 스콜피온〉이 요시노를 조준하고 있었다.

"하아, 하아……. 요시노, 괜찮아?!"

"아직 괜찮아요…… 나츠미…… 씨."

불안정하게 S자 주행을 하면서도, 요시노는 어찌어찌 균형을 잡았다.

나츠미는 무심코 머신을 향해 손을 뻗으려다, 참았다.

정비구역 이외에서 달리는 머신을 만지면 실격이 되고 만다.

하지만 〈네오 요시농XX〉는 명백하게 속도가 떨어지고 있었다.

남은 50미터를 무사히 도망칠 수 있을 것 같지는 않았다.

"하아, 하아, 하아……."

나츠미의 체력도, 이제 한계다.

……하아, 정말. 나답지 않게 왜 열을 내고 있는 걸까.

마음 어딘가에서, 그런 목소리가 들려왔다.

요시노에게도, 시도 일행에게도 폐를 끼쳐놓고 이 꼬락서니인 거야?

이럴 거면, 무모한 승부를 벌이지 않을 걸 그랬다.

"……씨…… 나츠미, 씨—!"

요시노의 목소리가 들렸다.

"포기하지 마세요. 저, 나츠미 씨와 함께…… 골인, 하고 싶어요."

"……읏!"

나츠미는 화들짝 놀라며 코스를 향해 고개를 돌렸다.

코스 위에서 S자 주행을 하면서도, 요시노는 골을 향해 나아가고 있었다.

"요시노……."

나츠미는 머리카락을 거칠게 쥐어뜯더니…….

"……아, 알았어. 함께 골인하는 거야!"

다시 앞을 바라보며 내달리기 시작했다.

"칫, 되게 촐랑거리는군!"

〈헬 스콜피온〉을 조종하는 장발 소년이 짜증이 난 건지 이를 갈았다.

"나한테 맡겨! 이번에야말로 짓뭉개주지이이이이잇!"

〈콜로서스G〉의 차체가 또 요시노에게 육박했다.

"요시노!"

나츠미가 비명에 가까운 목소리로 요시노를 불렀다. 그 순간—.

"그렇겐 안 돼애애애애!"

울부짖는 듯한 고함이, 주위에 울려 퍼졌다.

찰나와도 같은 순간, 엄청난 속도로 달려온 머신 한 대가 날카로운 검으로 찌르듯이 요시노와 〈콜로서스G〉 사이에 끼어들었다.

"……시도?!"

고함을 지른 사람은 시도, 그리고 끼어든 것은 응급처치를 한 〈토카 세이버〉였다.

토카의 블레이드가 〈헬 스콜피온〉을 코스 밖으로 튕겨내더니, 〈콜로서스G〉의 중력장을 찢었다.

"……큭, 아차!"

"아니이이이잇?!"

"나츠미, 요시노! 지금이야—."

"아, 알았어!"

시도의 목소리에 답하듯, 나츠미와 〈네오 요시농XX〉는 브리지를 필사적으로 내달렸다.

"젠자아아앙! 이렇게 되면 다리를 박살 내버려라, 〈콜로서스G〉!"

"뭐?!"

〈콜로서스G〉의 중력장이 폭주하더니, 쩌저적하며 코스의 벽에 금이 가기 시작했다.

그리고—.

콰지지지지지지직!

스카이 브리지가, 순식간에 붕괴됐다.

"……윽, 코스가……!"

그대로 〈콜로서스G〉와 〈헬 스콜피온〉은 아래편의 연못으로 추락했다.

"하하하! 너희도 길동무로 삼아주지. 참 아쉽겠는거어어어어얼!"

『아앗, 스카이 브리지가 부서졌습니다~! 이, 이래서야, 레이스를 속행하는 건 불가능하지 않을까요?!』

"……큭!"

시도는 골을 쳐다봤다.

〈네오 요시농XX〉는 골에서 십여 미터 떨어진 곳에 있었다.

하지만, 이미 늦었다. 코스 붕괴에 휘말려 추락할 것이다.

"요시노?!"

나츠미가 떨어지는 요시노를 향해 무심코 손을 뻗었다.

바로 그 순간…….

"괜찮……아요, 나츠미 씨. 제가, 길을 만들게요."

휘오오오오오오오오오오오오오오……!

주위에 격렬한 눈보라가 휘몰아쳤다.

〈네오 요시농XX〉의 새하얀 보디가 투명한 연두색 빛에 휩싸였다.

"……설마, 한정 예장?!"

나츠미가 눈을 치켜떴다.

붕괴된 다리의 아래편에, 눈부시게 빛나는 투명한 다리가 생겨났다.

자드키엘
〈빙결괴뢰(氷結傀儡)〉에 의해 만들어진, 골까지 이어져 있는 얼음 다리다.

"가죠, 나츠미 씨!"

"으, 응……!"

햇빛을 받아 빛나고 있는 얼음 다리를 건넌 〈네오 요시농XX〉는 그대로 멋지게 골인했다.

◇

『나츠미 양, 우승 축하드려요~. 멋진 레이스였어요~.』

"……어…… 아, 으…… 음……."

우승대 위에서 표창을 받은 나츠미는 수많은 관객 앞에서 긴장한 듯이 딱딱하게 굳었다.

그런 그녀는 우승 머신인 〈네오 요시농XX〉를 꼭 움켜쥐고 있었다.

『제가, 잘한 게 아니라…… 요시노와…… 시도…… 덕분에 이긴…… 거예요…….』

나츠미는 미쿠가 마이크에 입을 대고 겨우겨우 그렇게 말했다.

『에이, 우승하셨잖아요~. 아앙~, 이런 나츠미 양도 귀여워요~. 자아, 우승한 나츠미 양에게는 레이싱 퀸이 키스해주겠어요~ 쪼오오오오오옥~.』

"히익…… 자, 잠깐만, 싫어어어어어어어어!"

"우승 상품인 미니카 1년치는 미니카가 망가진 애들에게 나눠준다네."

코토리는 훈훈한 눈길로 그런 두 사람을 쳐다보며 그렇게 말했다.

"……그렇구나."

"소년~, 멋졌어~. 아~, 나도 나갈 걸 그랬네~."

주정뱅이가 된 니아가 시도를 희롱했다. 정말 못 말리는 어른이다.

시도는 주정뱅이의 손길에서 벗어나려 하자, 누군가가 그

AMAMIY
우승
4WD

의 소매를 잡아당겼다.

"시도~, 배고프다! 저쪽에 콩고물빵 노점이 있더구나."

"……좋아. 토카가 힘냈으니까 사줄게."

시도는 기대에 찬 눈길로 쳐다보는 토카를 향해 쓴웃음을 흘렸다.

콩고물빵 노점을 향해 걸어가려 할 때—.

"—허~허허허허. 꽤 하는구나."

흰색 가운을 걸친 매드 사이언티스트가 바람처럼 두 사람 앞에 나타났다.

"……윽?!"

시도는 쿠로가미 박사를 노려봤다.

"약속은 잊지 않았겠지? 아이들의 미니카를 파괴하는 짓은 이제 그만둬."

"흥, 좋다."

뜻밖에도 쿠로가미 박사는 순순히 승낙했다.

"패배를 인정할 수밖에 없지. 평범한 머신에게 패배했으니, 말이다……."

……평범한 머신이 아니라 정령이지만, 밝히지 않는 편이 나을 것이다.

"하지만, 나는 아직 포기하지 않았다!"

"뭐?"

쿠로가미 박사는 가운을 펼치더니, 품속에서 뭔가를 꺼냈다.

"다음은 리얼라이저를 단 팽이, 『베이 브레이크』로 승부다아아아앗!"

"안 해애애애애애애애애애!"

기계적인 느낌이 물씬 나는 팽이를 든 박사를 향해, 시도는 목청껏 태클을 날렸다.

DATE A LIVE ANOTHER ROUTE

VR SPIRIT
Author : Yuichiro Higashide

정령 브이알

히가시데 유이치로

말할 필요도 없겠지만…….

정령은 (한때) 무시무시한 존재이자, 무시무시한 힘을 휘두르는, 아무튼 무시무시한 존재였다.

하지만 이츠카 시도가 모든 정령이 약체화시키면서 정령의 무시무시함은 잦아들었지만, 그 무시무시함이 되살아날 가능성은 남아 있었다.

그래서 라타토스크가 소유한 공중함 〈프락시너스〉의 얼티밋 AI인 마리아는 생각했다.

「정령의 전투 데이터를 백업할 겸, VR게임으로 만들어 버리자. 아니, 만들어 버리죠」 라고 말이다.

캐치프레이즈는 「당신도 정령이 될 수 있다!」, 「오늘부터 당신 직업은 파괴마!」 등이다.

"아니, 전혀 모르겠거든? 그리고 직업이 파괴마라는 건 또 무슨 소리야?"

코토리가 논리정연하게 지적하자, 마리아도 논리정연하게 답했다.

"그냥 해본 소리예요."

"그냥 해본 소리구나~."

그럼 어쩔 수 없다는 듯이 코토리는 공허한 눈빛을 머금었다. 한가한 AI가 폭주하는 것보단 몇 배나 평화롭다, 하고 생각하며 스스로 납득했다.

"그러니 디버그 작업이랄까, 테스트 플레이를 여러분에게 부탁드리고 싶어요. 어떤가요?"

마리아가 그런 제안을 하자, 코토리는 쾌히 승낙했다.

"좋아. 일단 시도부터야."

선택지는 이츠카 시도, 하나뿐이었다.

"저기, 코토리? 술집에서 맥주 한 잔 시키는 투로 오빠를 부르지 말아 줄래?"

불려온 이츠카 시도 또한 공허한 눈길을 머금으며 항의했다.

"한가하잖아?"

"한가하지 않거든?"

귀가부인 이츠카 시도에게 방과 후=한가 같지만 실은 그렇지 않다. 토카와 함께 콩고물빵을 사러 갈 생각이었고, 요시노와 함께 느긋하게 시간을 보낼 생각이었으며, 나츠미와 함께 일전에 나온 게임을…….
"좋아, 한가 그 자체네. 잔말 마. 살려 보내지 않겠어."
"불합리한 거 아냐?!"
이렇게 됐으니 어쩔 수 없다고 생각한 시도는 승낙했다. 그 말을 듣고 토카와 요시노, 나츠미 같은 이들이 뛰어왔다. 이런 화제에 관심을 안 보일 리가 없는 니아는 마감이 금요일 저녁일 경우에는 월요일 밤까지 미루는 테크닉을 구사해서 출판사의 스케줄을 망쳐버렸기에 불쌍하게도 참가하지 못했다.

"그럼 플레이어 여러분은 이쪽으로 오세요."
"으, 응. 여기는 뭐야?"
시도가 얼이 나간 표정으로 주위를 둘러보았다. 광대한 공간에 구체 형태의 기계 네 대가 놓여 있었다. 만약 여기에 니아가 있다면 「가세의 초대형 360도 게임 머신이잖아!」 하며 흥분한 끝에 그대로 쓰러졌으리라.
"〈프락시너스〉의 빈 창고를 정당하게 무단으로 빌렸어요."
현현한 마리아가 에헴 하며 가슴을 폈다.
"방금 모순되는 대사를 들은 것 같은데……."
나츠미는 그러고 보니 이 AI는 위험한 녀석이었지, 하고 생각하며 마음을 단단히 먹었다. 신작 VR 게임의 유혹에 휘말린 자기 자신을 꾸짖어주고 싶다. 하지만 이런 대형 게임 머신을 즐길 기회는 솔직히 흔치 않다. 왜냐하면 오락실에 가야 할 수 있는 것이다.

"여기에 들어가면 되느냐?"

토카가 그렇게 묻자, 마리아는 고개를 끄덕였다.

"예. 머신은 다 똑같으니까, 자유롭게 고르세요. 안에 들어가면 설명용 무비가 재생되니, 그것에 따라 기기를 장착해주세요. 알겠죠?"

"네~."×4

이리하여 이츠카 시도, 야토가미 토카, 요시노, 나츠미, 이 네 사람의 정령 체험 VR게임 테스트 플레이의 막이 올랐다.

◇

"이러면, 되겠지……."

구체형 머신 안에는 의자가 없었다. 아무래도 서서 플레이하는 것 같았다. 몸은 충격 흡수 장치가 달린 금속 바로 고정되어 있지만, 바닥은 시도가 체중을 싣자 살짝 가라앉았다.

『다음과 같이 몸을 움직이는 게 가능한지 체크해 주십시오.』

국민체조 같은 동작을 몇 개 하면서 문제없이 움직일 수 없는지 체크하자, 화면이 다음 단계로 넘어갔다.

『체험할 정령을 선택해 주십시오.』

"오, 모두 다 갖춰져 있나 보네."

토카, 요시노, 쿠루미, 코토리, 야마이 자매, 미쿠, 오리가미, 나츠미, 니아, 무쿠로.

시도와 유대를 쌓고, 함께 싸워 온— 혹은 반대로 시도와 싸웠던 이들이 있었다.

"으음……."

자, 누구를 고르면 좋을까. 우선 같이 온 세 사람은 고르지 않는 편이 좋을 것이다. 동일 캐릭터 대결에 좀 흥미가 있기는 하지만 말이다.

시도는 고민 끝에 쿠루미와 미쿠도 선택지에서 뺐다. 이 두 사람은 매우 테크니컬한 플레이를 요구한다. 본인이 아니면, 그 힘을 완전히 발휘시키기 어렵다.

그런 의미에서 본다면 야마이 자매도 유감스럽지만 빼야 할 것이다. 시도의 몸은 하나니까 말이다.

니아도 선택지에서 빼기로 했다. 승산이 없다. 이기는 미래가 보이지 않는다. 머나먼 하늘에서 니아가 「너무해, 소년~!」 하고 토라진 목소리로 외치는 듯한 느낌이 들었다. 시도는 하늘을 올려다보며 미안해, 하고 사과했다.

자, 그럼 남은 이는 코토리와 오리가미, 무쿠로다. 무쿠로도 테크니컬한 편이지만, 그 힘은 매우 강력하다. 게다가 마지막으로 봉인한 정령이라 그 능력을 충분히 이해하고 있다고 말하기는 힘든 상태였다.

"좋아. 일단 처음에는 무쿠로를—."

하자, 하고 말하며 공중에 표시된 정령의 모습 중에서 무쿠로를 고르려던 순간이었다. 시도는 자신이 사지에 발을 들인 듯한 느낌을 받았다.

"정령 체험 VR—."

그것은 바로 정령 그 자체가 된다는 의미이며, 정령을 옆에서 쳐다보는 게 아니다.

당연했다.

하지만, 그것은 바로 정령의 모습이 된다는 의미다.

시도는 살며시 자신의 가슴을 두드렸다. 남성인 이츠카 시도의 가슴은 대흉근이 다소 발달하기는 했지만 어디까지나 평평했다.

무쿠로를 쳐다봤다. 오리가미를 쳐다봤다.

자신의 가슴을 쳐다봤다.

"좋아, 코토리로 하자!"

『이츠카 코토리를 선택하였습니다.』

위험했다. 위기일발이라고 해도 과언이 아니다. 고마워, 코토리. 코토리 만세.

『그런데 왜 코토리를 고른 건지 물어봐도 될까요?』

"하하하. 뻔하잖아, 마리아. 코토리 말고는 가슴이—."

『가슴이?』

"가슴이…… 끓어오르지 않거든……!"

큰일날 뻔했다. 하마터면 충돌 사고가 발생할 뻔했다. 어두운 밤길과 화난 코토리를 조심합시다~.

"사령관님, 왜 그리시죠?"

"왠지 온 힘을 다해 시도의 목을 조르고 싶어졌어……. 어째서일까……."

『그럼 전원, 준비 완료입니다. 레이디…… 고! 아, 방금 레이디는 오타가 아니라 숙녀란 의미로 쓰였으니 오해하지 말아 주세요.』

마리아가 딱히 중요하지 않은 설정을 설명해주면서, 정령 체험 VR의 막이 올랐다.

"우왓?!"

정신을 차리고 보니, 시도는 황야에 멍하니 서 있었다. 그리고 왠지 시점이 낮은 것 같았다. 자신의 손을 보니, 거대한 도끼를 한 손에 쥐고 있었다.

걸치고 있는 순백의 기모노 소매에서는 화염이 일렁이고 있었다. 희미한 위화감이 느껴지는 머리를 만져보니, 뿔이 있었다.

그리고 가슴이 납작했다.

"휴우……. 역시 코토리를 고르기 잘했어."

무쿠로를 골랐다면 큰일 났을 것이다. 이 정령 체험 VR은 마리아가 전부 기록하고 있을 게 틀림없다.

또한, 나중에 누구라도 열람할 수 있도록 설정할 것이다.

이츠카 시도의 시점도, 발언도, 전부 말이다.

『왜 잘했다는 거야?』

"그야 뭐………… 역시 화력이 생명이거든!"

화력 중요. 공격력 중요. 체격 중요.

『아하. 정령으로서의 코토리는 그야말로 인간 포대, 인간 88mm 대공포라고 해도 과언이 아닐 만큼 파워 바보, 아니, 파워 천치, 아니, 파워 멍청이라는 거군요.』

"방금, 몇 번이나 고쳐 말할 필요 있었어?"

시도가 딴죽을 날렸지만, 마리아는 못 들은 척을 했다.

『—자. 아무튼, 시야 오른쪽 구석에 레이더가 표시되어 있죠?』

"으음……. 아, 이거 말이구나."

『원래 정령은 이런 능력을 지니고 있지 않지만, 어디까지나 정령 체험이니까요. 거기 표시된 붉게 빛나는 점이 다른 정령의 위치를 가리킵니다.』

"아하, 그렇…… 윽!"

붉은 점 하나가 엄청난 속도로 다가오고 있었다. 음속을 넘어선 듯한 속도로 시도를 향해 곧장 쇄도하고 있었다. 망설임 없이, 주저 없이 말이다.

"붙어보자는 거냐……!"

상대는 눈으로 볼 수 있는 거리에 도달했다. 상대가 뿜는 푸르스름한 빛을 보자, 시도는 납득했다.

그 무엇에도 굴하지 않고, 올곧게 나아가는 빛 같은 소녀.

많은 정령(소녀)을 만났지만, 이렇게 한결같은 행동을 취하는 이는 한 명뿐이다.

"……토카구나~."

"어? 시도가 아니구나. 코토리냐."

"아, 그렇지 않아. 시도가 맞아."

"응? ……아, 그래. 시도는 코토리가 된 건가. 음!"

"그래. 그렇게 됐어."

"좋다. 그럼 싸워볼까!"

토카는 힘찬 목소리로 그렇게 말했다. 마치 「같이 놀자」 하고 말하는 듯한 느낌이었기에, 시도는 쓴웃음을 머금었다.

물론 시도도 그럴 생각이었다. 하지만…….

"참, 마리아. 혹시나 해서 묻는 건데, 통각은 당연히 차단되어 있지?"

『어, 으음. …………걱정하지 마시길. 방금 차단했어요.』

"방금 뭐라고 했어?! 정령 체험이 무시무시한 게임이 될 뻔했거든?!"

『정말 괜찮아요~! 터프해져서 나쁠 건 없으니까요! 그럼 시작하겠습니다~!』

“좋아! 그럼 코토리! 아니지, 시도? 아니, 코토리? ……시리?”

“으음. 그건 가상 비서의 이름 같으니까, 그냥 시도라고 불러줘.”

“음! 그럼 시도, 간다~!”

토카는 활기찬 표정을 지으며 검을 치켜들었다.

“우왓! 바로 달려드는 거냐!”

시도는 허둥지둥 도끼를 들어 올려서, 맞서 싸웠다.

기합과 포효가 교차하더니, 강철의 꽃이 흐드러지게 피어났다.

“빨라……!”

토카의 천사 〈산달폰〉은 검으로 분류되지만, 엄밀하게 따지자면 옥좌와 등받이에 꽂힌 검을 아울러서 가리킨다.

전력을 다할 때의 파괴력은 도저히 받아낼 수 없는 수준이었다.

……뭐, 그러니 우선은 워밍업을 하는 것 같았다.

“엇, 윽, 우왓!”

(우왓, 뜻대로 움직일 수가 없어!)

시도와 코토리는 키가 25센티미터나 차이 난다. 키가 이렇게 차이 나는 만큼, 당연히 손발의 길이도 차이 난다.

그 탓에 균형을 잡기 어려웠다.

공격 또한 닿을 줄 알았는데 닿지 않았다. 막을 수 있는 공격도 막지 못했다.

"크……!"

시도는 반사적으로 크게 도약했다. 토카도 추격하기 위해 도약했다. 그렇게 공중전이 시작됐다.

그리고 곧 시도는 자기가 실수했다는 걸 깨달았다.

(위, 위화감이 아까보다 더 심하게 느껴져~! 젠장, 공중전이라서 그렇구나!)

두 발로 지면을 딛고 있을 때는 위화감을 어느 정도 상쇄시킬 수 있었지만, 두 손 두 발로 허공을 박차며 날고 있는 지금 상태에서는 위화감을 상쇄시킬 수 없다.

그뿐만 아니라, 단순하게…….

(내 동생, 발이 참 새하얗네!)

아까부터 움직일 때마다, 시도는 발 쪽으로 계속 시선이 갔다.

전투는 점점 격렬해졌지만, 시도는 어찌어찌 전황을 유지했다.

"……음?"

시도의 방어를 뚫지 못한 토카는 의아해하면서 더욱 공세를 펼치려다, 눈치챘다.

"오오. 시도, 혹시 익숙해진 것이냐?"

시도는 코토리의 얼굴로 훗훗훗 하고 웃음을 흘렸다.

"그래. 요령이 좀 생긴 것 같아. 우선…… 이거다!"

원래 시도는 도끼를 꽉 움켜쥐고 힘껏 휘두르려 했다. 하지만 이렇게 길고 큰 무기를 양손으로 움켜쥐었다간 동작 하나하나가 어색해질 수밖에 없다.

그렇다면 어떻게 해야 도끼의 장점을 활용한 공격을 펼칠 수 있을까.

꽉 움켜쥐지 않고, 힘껏 휘두르지 않으면 된다. 필요한 것은 원심력, 그리고 도끼의 궤도를 최대한 늘리기 위한 신체 동작이다.

도끼를 휘두르는 방향을 전환할 때도, 손의 힘만으로 하면 안 된다. 몸 전체를 움직여서, 회전시키면…….

"오오?!"

토카가 깜짝 놀란 목소리로 그렇게 외쳤다. 수평으로 휘두른 도끼를 즉시 수직으로 휘두르면서, 다이내믹하게 몸까지 회전시키는 연속 공격을 펼친 것이다.

토카의 오른쪽 어깨에 정통으로 명중한 그 공격은 상당한 대미지를 입혔다. 토카가 일격 일격을 세심하게 명중시켜서 대미지를 입히는 타입이라면, 코토리는 일발 역전이 항상 가능한 도박 같은 전법을 펼친다.

"꽤 하는구나, 시도!"

"그래! 내 여동생이거든!"

이 상황에서 여동생을 자랑하는 걸 보면, 시도도 참 문제다 싶었다.

"……이상하네. 이번에는 시도를 칭찬해주고 싶어졌어."

"몸이 안 좋은 것 아닐까요?"

으음~. 마리아가 무슨 짓을 한 걸까, 하고 생각한 코토리는 콘솔을 조작해서 예의 정령 체험 VR 게임을 확인해보기로 했다.

"어디 보자. 멤버는 토카, 요시노, 나츠미, 그리고 시도구나. 시도가 고른 정령은……."

확인한 코토리는 납득했다. 씰룩거리려고 하는 볼을 꼬집어서 참았다.

칭찬해주고 싶어질 만하다, 하고 코토리는 생각하며 납득하려다—.

"……휴우."

가슴을 두드리며 안도의 한숨을 내쉬는 시도(가 안에 들어있는 코토리)를 보자, 아까 살의를 느낀 이유를 파악했다.

"후후후후후."

이 원통함은 잊지 않겠노라, 시도.

"시도, 왜 그러느냐?"

"그게…… 갑자기 오한이……. 뭐, 뭐, 됐어. 계속 싸우자고!"

"음. 그럼 슬슬 비장의 카드를 써보도록 할까!"

토카의 옆에 옥좌가 출현했다. 순식간에 분해된 옥좌의 파편이 검과 합쳐지자, 인류가 쓸 수 없을 수준의 거대한 검이 생겨났다.

"그럼 이쪽도……!"

정령 체험 VR이란 명칭답게, 시도가 생각을 했을 뿐인데 동작이 자동적으로 이뤄졌다.

토카와 거리를 벌린 시도는 오른손을 치켜들었다. 도끼에서 칼날이 사라지더니 팔과 결합하며 거대한 대포로 변했다.

서로가 어마어마한 사이즈의 무기를 쥔 채, 서로에게 필살의 일격을 가하려 했다.

현실세계에서 **절대 일어나선 안 되는**, 두 천사의 격돌이다.

"〈산달폰〉—【최후의 검(할반 헤레브)】!"

"〈작란섬귀(灼爛殲鬼)(카마엘)〉—【포(砲)(메기도)】."

두 필살의 일격이 격돌하며, 작렬했다.

눈 부신 빛, 업화, 파괴가 시야를 가득 채웠다. 주위 일대의 구조물이 존재 자체를 허용하지 않는 것처럼 깨끗이 사라졌다.

『현실 세계에서라면 핵을 능가하는 에너지가 발생했군요. 이 정도면 신이라도 탄생하지 않으려나요.』

마리아가 어처구니없다는 소리로 중얼거렸다.

"오~. 엄청나구나, 시도!"

"아~, 응. 너와 코토리가 싸우지 않아서 정말 다행이야……. 정말……."

"응? 당연하지. 코토리는 좋은 애니까 말이다!"

"그래. 토카도 좋은 애야. 정말 좋은 애지."

일단 토카의 머리를 쓰다듬어주기로 했다. 코토리가 토카의 머리를 쓰다듬어주는 모습은 참 훈훈한 광경이었다.

『동영상 사이트에서 확산 좀 될 만한 녀석이군요.』

마리아는 분위기를 망치는 발언을 입에 담았다.

◇

—코토리와 토카가 즐겁고 건전한 초인 배틀을 펼치고 있을 때…….

요시노와 나츠미는 얼굴을 모은 채 이야기를 나누고 있었다.

"누구를 고르면 좋을까요……."

"으음…… 그냥 자기를 고르면 되지 않아?"

요시노가 고개를 갸웃거리며 고민하자, 나츠미가 기본적인 지침을 정해줬다. 이럴 때 기발한 선택지를 고르면 역효과만 만다는 것을 나츠미는 알고 있었다.

그리고 두 사람은 널찍한 황야에 내려섰다.

"마을은 없네."

나츠미가 그렇게 중얼거리자, 마리아가 답했다.

『네. 인간의 건조물을 파괴하는 건 정령의 정신 안정에 나쁜 영향을 끼칠 수 있기에, 옛날 애니메이션에서 흔히 나오는 황야로 설정했습니다.』

“흐음. 리소스가 부족해서가 아니구나?”

『뜨끔. 리소스라면 얼마든지 있거든요? 그건 엄연한 중상모략이에요. 법정에 가서 시시비비를 따져보겠어요?』

“잠깐만, 그렇게 발끈하니 거꾸로 미심쩍거든? 그리고 자기 입으로 뜨끔 같은 소리도 했잖아.”

나츠미는 평소의 자기 몸이라는 사실에 안도하더니, 점프하거나 팔을 흔들어봤다. 자기 진단을 해보니, 딱히 이상한 곳은 없었다.

“요시노는 이상한 데 없어?”

자기 몸을 만져보던 요시노는 고개를 저었다.

“평소와 똑같은 것 같아요.”

“뭐, 천사를 쓸 수 있을 테니까…… 일단 써볼까?”

“네. 으음…… 〈자드키엘〉?”

요시노가 그렇게 중얼거린 순간, 뭔가가 부풀어 오르는 소리가 들렸다.

“어, 어, 어, 어어어……!”

요시노의 아래편에서 거대한 토끼가 출현했다.

강철 괴물이 아니라 얼음 괴물이다. VR 세계에서 추위가 느껴질 리 없지만, 몸과 마음을 얼어붙게 하는 힘이 느껴졌다.

“히익…… 이게 요시노의 풀파워구나…….”

평범한 생물이라면 이 자리에 있기만 해도 얼어붙거나, 얼음덩어리를 맞고 지속 대미지를 입어서 1분도 버티지 못하고 죽을 것이다.

외국에서는 지옥의 최하층을 혹한의(코퀴토스) 지옥이라고 부르기도 한다던데, 어쩌면 틀린 말이 아닐지도 모른다고 나츠미는 생각했다.

춥다. 차갑다. 얼어붙는다.

그것은 모든 것을 불태우는 존재이자 살아있음을 상징하는 불꽃과 정반대다.

모든 것을 빠르게 소멸시키는, 죽음의 개념이리라.

"자, 그럼 나도 해볼까……."

나츠미는 〈하니엘〉로 오래간만에 어른 ver.나츠미로 변신했다.

"온 힘을 다해…… 하나, 둘, 셋!"

나츠미는 빗자루를 빙글빙글 돌리더니, 근처의 바위를 변환시켰다. 부드러운 솜이 쌓여갔다. 이거야, 이거. 이게 내 전성기라니깐.

나츠미는 만족한 듯이 고개를 끄덕이더니, 변환을 이어갔다.

—그리고 5분 후…….

"질렸어."

"……저도요……."

『벌써 질린 건가요. 너무 이르군요.』

"아니, 냉정하게 생각해보니 말이야. 옛날이나 지금이나 힘은 차이지만 비슷한 짓을 하고 있는걸……."

나츠미는 축 늘어졌다. 모습 또한 평소의 어린애 ver.으로 되돌아와 있었다.

『그럼 이참에 다른 정령이 되어보는 건 어떨까요?』

"다른 정령…… 으음~. 누가 좋을까?"

"……으음, 저는…… 이 사람을……."

"어? 요시노, 진심이야?"

"네. 만약 다른 정령이 될 수 있다면 이 사람이 되어보고 싶어요."

"그, 그렇구나. 뭐, 반대하는 건 아냐……."

배시시 웃는 요시노를 보고 귀여운 천사~ 엔젤~ 아니, 정령이지~ 하고 나츠미가 생각하고 있을 때였다.

『……재미있을 것 같으니, 오케이!』

"괜찮아? 버그 발생하는 거 아냐?"

『……아마도, 오케이!』

마리아가 너무 쉽게 오케이를 해서 조금 불안했지만, 나츠미도 이참에 다른 정령(캐릭터)을 고르기로 했다.

요시노가 고른 정령을 활용하려면, 누가 좋을까…… 하고 잠시 생각해본 나츠미는 결단을 내렸다.

"좋아, 이걸로 할래."

나츠미가 고른 정령을 본 요시노는 깜짝 놀란 듯한 목소리를 냈다.

◇

토카와 시도(코토리)는 요시노와 나츠미를 만나기 위해 하늘을 날아갔다.

"좋아. 곧 만나겠네. 그러고 보니, 토카는 두 사람과 만났어?"

"음? 처음에 시도의 위치를 가르쳐 주기에 곧장 날아와서 만나지 못했다. 우선 시도와 만나고 싶었거든!"

"그, 그랬구나……."

시도는 멋쩍은 듯이 헛기침을 했다.

『그야말로 저돌적 토카, 군요.』

"하하하. 마리아는 오늘 텐션이 상당한걸…… 어, 라?"

두 개의 빛나는 점(요시노와 나츠미)이 두 사람을 향해 급속 이동하기 시작했다.

"오오, 요시노와 요시농과 나츠미구나. 저쪽도 싸우고 있었던 걸까?"

『두 사람에 비하면 가볍게 노닥거린 정도예요. 이쪽은 핵폭발 수준이었으니까요.』

"어디까지나 정령 체험이니까 괜찮아."

"시도." "시도 씨~."

손을 들며 대답하려던 시도는 그대로 딱딱하게 얼어붙었다.

"……으음…… 요시노와…… 나츠미…… 맞지……?"

"네!"

자, 이쯤에서 두 사람이 고른 정령을 발표할까 한다. 우선 나츠미부터. 현재 그녀의 모습은 붉은색과 검은색으로 된 영장(드레스), 한쪽 눈은 시계, 손에 든 것은 두 자루의 고풍스러운 총. 즉…….

"끼히히히히. 토키사키 나츠미, 등장…… 이랄까……."

나츠미는 토키사키 쿠루미가 됐다. 그 탓일까, 웃음소리도 살짝 어설펐다.

"아, 응. 나츠미…… 맞지? 실은 내용물이 쿠루미와 뒤바뀌거나 한 건 아니지?"

"그런 거 아니거든? 되게 무서워하네……."

"그럼, 요시노가…… 요시노?"

『훗훗훗. 지금의 요시농은 폭주 요시농이야. 시도 군.』

이 자리에 있는 이는 토카지만, 토카가 아니었다.

암흑과 어둠의 화신. 손에 쥔 것은 대검 〈포학공(나헤마)(暴虐公)〉. 즉, 반전한 토카다.

그것이 바로 요시노가 선택한 정령이었다.

"아니…… 저쪽에 시꺼먼 내가 있다, 시도! 즉, 저건 나구나! 아니, 나는 여기 있지! 그럼 대체 너는 누구냐!"

『요시농이야~.』

커억, 하며 시도와 나츠미가 충격을 받았다. 반전한 토카는 요시농을 손에 끼고 있었다. 초현실주의의 궁극 같은 상황이었다.

"그래. 손에 낀 인형을 보니 요시노가 틀림없구나! 그럼 시도가 코토리가 된 것처럼, 요시노는 내가 된 건가! ……으음, 즉……."

"꽤 단순한 상황인데, 이야기가 복잡해진 거 아냐?! 요시노는 이 토카로 변신했고! 나는 쿠루미로 변신했어! 그리고 태그팀을 만든 거야! 이제 이해했지?!"

"……음! 전부 이해한 건 아니지만, 얼추 알겠다!"

"휴우. 역시 태그팀을 만들기 잘했네. 요시노가 이길 수 있도록, 나도 힘낼 거야!"

"아, 네, 넷! 힘내죠, 나츠미 씨."

"신이시여. 천사는 어디에 있나요? 신께서는 말씀하셨노라. 『지금 〈프락시너스〉에 있도다』 하고……."

나츠미의 텐션이 하늘을 찌를 것 같았다.

그 모습을 보고 납득한 시도는 자신들이 불리하다는 것을 깨달았다.

"나츠미는 서포터구나."

"당연하잖아. ……물로온~이랍니다아앙~?"

"쿠루미는 그렇게 괴상한 말투는 아니라고!"

"괜찮잖아. 어차피 가짜니까…… 니까 말이지요옹~?"

정말 엉망진창이었다.

“어험. 아무튼, 원래의 나도 서포터 타입이잖아? 그러니 직접 싸우는 것보단 이쪽이 나을 것 같거든. 그쪽은 둘 다 단순무식 파워 타입이기도 하니 말이야.”

“아픈 곳을 찌르네…….”

토카와 시도(코토리)는 기본적으로 주먹질에 칼질에 빔 발사 같은 걸 하는 스타일이며, 다른 사람을 서포트하는 능력을 지니진 않았다.

하지만 나츠미가 고른 쿠루미는【네 번째 탄환(달렛)】을 이용한 회복,【여덟 번째 탄환(헤트)】를 이용한 양동 작전,【일곱 번째 탄환(자인)】을 이용한 디버프,【첫 번째 탄환(알레프)】를 이용한 버프 등, 온갖 상황에 맞춰 버프와 디버프와 힐이 가능한(게다가 무기는 원거리용) 초절정 만능 서포터 타입이다.

솔직히 말해, 처음 만났던 시절의 쿠루미에게 같은 편인 정령이 있었다면…… 그리고 그 자가 코토리나 토카처럼 화력으로 밀어붙이는 타입이었다면…….

지금 시도는 느긋하게 VR게임을 즐길 수 있는 처지가 아니었을지도 모른다.

즉, 지금 상상할 수 있는 최악의 상황이라 할 수 있다.

“히…… 힘낼게……요!”

“후후후. 요시노, 안심해. 생채기 하나라도 입으면 바로 회복시켜줄 테니까…… 그래……. 신에게는 그 어떤 상처로 허락되지 않으니까…….”

나츠미의 눈이 위험한 느낌으로 빙글빙글 돌고 있었다. 좀 위험해 보였다. 그리고 요시노를 천사보다 더 위대한 존재로 추앙하고 있었다.

“……좋아. 아무튼, 토카!”

“음!”

“전력을 다해 요시노…… 아니지, 또 하나의 너를 공격해! 봐줄 필요 없어! 풀파워 전속 전진이야!”

“알았다! 이해하기 쉬운 지시구나! 고맙다, 시도!”

“응. 그럼 나는―.”

시도는 토키사키 쿠루미를 힐끔 쳐다보았다. 쿠루미와 코토리는 한 번 싸운 적이 있으며, 그때는 코토리가 화력으로 압도했다. ……하지만, 지금 생각해보면 쿠루미가 【자인】을 썼을 때는 꽤 위험하기도 했다.

토카와 토카의 격돌이 어떤 결과를 낳을지도 불안하지만, 쿠루미가 반전 토카의 서포트에 힘을 쏟는다면 틀림없이 이쪽이 패배한다. 그녀가 서포트에 집중하지 못하게 하면서 HP를 0으로 만드는 게 아마 올바른 공략법일 것이다.

“좋아~. 그럼 간다, 나~!”

“아, 네! 오세요, 토카 씨!”

훈훈한 대화를 주고받으면서도, 토카는 즉시 공중 대시를 하며 요시노를 향해 육박했다. 그러자 요시노 또한 대검을 치켜들며 맞섰다.

그리고— 격돌!

시도는 두 사람의 싸움을 곁눈질하면서, 나츠미와 대치했다.

"간다, 나츠미!"

"좋아! 하고 말하면서 요시노에게 【알레프】!"

"우왓?!"

첫수부터 【알레프】로 버프를, 그것도 자신이 아니라 요시노에게 걸었다.

"어어엇?!"

하지만 요시노는 갑작스러운 가속에 놀란 나머지, 검을 놓칠 뻔했다.

"……어이……."

"끄아아아아아아아아아아! 미안해미안해미안해! 요시노——!"

나츠미가 세상이 종말을 맞이한 듯한 표정으로 고함을 질렀다.

"괘, 괜찮아요~! 고마워요!"

요시노가 그렇게 말해준 덕분에 마음이 진정된 것 같지만, 그래도 시도는 지적해야겠다고 생각하며 입을 열었다.

"저기, 나츠미. ……아군에게 버프를 걸어줄 거면, 미리 선언한 후에 해……."

"후후후. 이제까지 서포터 타입으로 온라인 게임을 한 적이 없거든……. 아니, 정확하게는 항상 솔로여서 남을 서포트할 일이 없었달까……."

"……좋아~, 싸우자!"

시도는 얼버무리듯 힘찬 목소리로 그렇게 외쳤다. 그건 그렇고, 자기가 낸 목소리가 코토리의 목소리로 바뀌는 것이 꽤 묘한 느낌이었다.

이참에 오빠 사랑해♡♡♡ 러브러브 알라뷰♡♡♡ 하고 하늘을 향해 외쳐보고 싶지만, 아마 코토리에게 알려져서 죽을 때까지 살해당할 것 같으니 관둬야겠다.

"어머나. 시도를 자근자근 밟아주고 싶어졌어."

코토리가 갑자기 그렇게 말했다.

"평소에도 그렇지 않나요?"

부하 중 한 명이 지적했다.

"참, 그랬지."

"그랬죠."

—아무튼, 전투가 시작됐다.

"에, 에—잇!"

"어디 덤벼봐라!"

요시노가 달려들자, 토카가 맞서 싸웠다.

"우, 와, 앗, 대단해!"

토카와(그것도 정령의 힘이 봉인되기 전의) 대등하게 싸우고 있는 시점에서, 요시노는 뭐가 뭔지 이해할 수가 없었다.

아무튼, 엄청 즐거운 것은 사실이었다. 박력 넘치는 게임을 플레이하는 느낌이다.

요시노의 조작 방법은 격투 게임의 마구잡이 조작 플레이지만, 애초에 토카와 반전 토카는 기본적으로 힘으로 밀어붙이며 필살기를 팍팍 날려대는 초보자용 정령이다.

적당히 움직이다 보면 검에서 빔이 발사되고, 몸을 좀 움직이기만 해도 빔을 피하거나 튕겨내 주는, 그야말로 빈틈이 없는 녀석이다.

그리고, 그 옆에서는…….

"끄아아아아! 조작이 되게 복잡해애애애애앳!"

"그렇겠지!"

나츠미가 고전을 면치 못하고 있었다.

"해야 할 게…… 해야 할 게 너무 많아……!"

함정을 설치하기 위해 우왕좌왕하는 범인 같은 대사를 늘어놓으며, 나츠미는 총을 쐈다.

"……조작에 익숙해질 때까지 기다려줄까?"

"나도 나름 트릭스터거든……! 잠시만 기다려줘. 그럼 어떻게 될 거야~!"

시도가 그런 제안을 하는 것도 무리는 아니었다. 아까부터 나츠미는 디버프를 자신에게 걸었고, 버프는 상대에게 걸었으며, 그걸로 모자라 다친 시도를 【달렛】으로 회복시켜주기까지 했다.

토키사키 쿠루미는 만능 서포터다. 하지만 만능이기에, 전투에 고를 수 있는 선택지가 「접근해서 벤다」, 「회피한다」, 「막는다」, 「빔을 쏜다」 밖에 없는 정령에 다르게 열두 개나 되는 선택지에 실시간으로 압박을 받는다.

물론 나츠미도 힘이 봉인됐다고는 해도, 정령이다. 하지만 쿠루미의 조작 난이도는 까다롭다고 말할 만한 수준이 아니다.

야생마란 별명을 지닌 슈퍼카를 갓난아기가 운전하는 것이나 마찬가지다. 총을 쏘면서 어떤 탄환을 쓸지 결정해야 하니 판단이 늦어지고, 그와 동시에 10초 후에 어떤 탄환을 쓸지도 검토해야만 한다.

나츠미가 고전하는 모습을 본 시도는 토키사키 쿠루미가 악몽(나이트메어)이란 칭호를 지니게 된 이유를 엿본 듯한 느낌을 받으며 감탄했다.

"준비된 것 같으니까, 이번에는 내가 공격하겠어!"

시도는 그렇게 말하며 도끼를 양손으로 쥐고 달려들었다.

"【알레프】!"

이번에는 제대로 자신을 쏜 나츠미는 그대로 도약하면서 시도의 공격을 피했다. 그와 동시에 자신의 엄청난 도약 속도에 눈이 빙글빙글 돌았다.

(아…… 그래. 시간이 가속된 만큼, 점프하면 낙하하는 속

도도 빨라지는구나. 우와, 말도 안 돼.)

낙하 속도조차 가속 및 감속이 가능한 것이다. 상대는 함부로 점프할 수 없는데, 쿠루미는 가속을 이용하면 점프한 타이밍에 공격을 맞게 될 염려도 없다.

"영차!"

"우와앗?!"

나츠미는 그런 생각에 빠진 탓에, 시도가 휘두른 도끼에 제때 반응하지 못했다. 하지만 몸을 젖혀서 공격을 피하는 데 성공했다.

"우와……. 가속 능력은 되게 비겁하네……."

나츠미는 그렇게 중얼거렸다.

"그러는 나츠미의 능력도 충분히 반칙급이거든?"

과거에 그녀가 제안했던 게임을 떠올렸다. 그때는 정말 겨우겨우 이겼다.

"그런데 나츠미는 싸우는 게 두렵지 않은 거야?"

시도가 그렇게 묻자, 나츠미는 고개를 갸웃거렸다.

"으음…… 이건 VR이긴 해도 게임이잖아? 나, 게임과 현실을 철저하게 구별하는 타입이야. 그리고, 남의 몸이잖아……."

"응. 뭐, 그건 이해해."

"그리고 아프지 않으니까 마음껏 싸울 수 있거든. 그럼 슬슬 익숙해졌으니까, 에잇!"

"우왓?!"

나츠미가 기습을 했다. 시도는 아슬아슬하게 피했지만, 그 탄환은 시도의 등 뒤에서 싸우고 있는 요시노에게 명중했다.

"좋았어!"

하지만 나츠미는 주먹을 말아 쥐며 기뻐했다. 그 탄환을 맞은 요시노는 토카를 향해 돌아서더니 「에잇~!」 하고 귀여운 기합을 지르면서 상대를 밀어붙였다.

"아니, 빨라졌어?!"

"나츠미 씨, 고마워요~!"

"우와, 방금 그건 【알레프】였구나……!"

"이 정도 거리에서라면 피할 수 있을 거라고 생각했거든."

나츠미는 씨익 웃었다. 까다로운 조작에도 익숙해진 것 같았다. 원래 나츠미도 이런 식의 계략이 특기다. 상대의 허를 찌르는 잔꾀를 잘 부리는 것이다.

"이제부터는 콤비 대결이야. ……이랍니다~."

"아니, 그냥 원래 말투로 말해도 되지 않으려나?"

이리하여, 1대1×2에서 2대2 콤비 플레이로 대결이 변경됐다.

◇

"요시노, 교대야!"

"아, 네! 물러날게요!"

"으음, 아니?!"

"토카, 나츠미를 부탁해! 요시노는 내가 맡겠어!"

순식간에 서로의 대전 상대를 교대했다. 나츠미는 두 자루의 총을 손에 쥐고 스타일리시하게 난사했다. 야호~ 해피 트리거, 란 말이 머릿속에 떠올랐다.

"이럴 때는 그 말을 하면 되던가. 부질없는 짓이다! ……맞지? 시도."

"……얼추 맞아, 토카!"

하지만 토카의 말대로, 나츠미의 맹공은 그녀의 영장에 전부 막혔다. 토카는 탄환을 피하지 않으며, 그대로 검을 치켜들더니—.

"【자인】!"

"……윽!"

토카에게 시간 정지의 탄환이 명중했다.

"토카, 기다려!"

들리지 않으리라는 것을 알면서도, 시도는 그렇게 외치며 그녀의 곁으로 향하려 했다.

"그, 그렇겐 안 돼요~!"

그러자, 요시노가 당연한 듯이 시도를 막아섰다. 어떻게 할지 고민한 시도는 곧 타개책을 떠올렸다.

"영차!"

시도는 도끼를 치켜들더니, 힘차게 휘둘렀다. 요시노는 살짝 놀랐지만, 당연한 듯이 검을 치켜들어서 막으려 했다.

"미안해, 요시노!"

"네? 어어엇?!"

시도는 도끼를 칼날에 맞대더니, 그대로 도약했다. 그러자 시도는 요시노의 공격을 봉쇄하는 것과 동시에 도끼의 날 부분을 축 삼아 회전하며 그녀를 뛰어넘었다. 그 원심력을 그대로 이용해서 한 바퀴 더 회전한 시도는 그대로 도끼를 던졌다.

"히익?!"

고속 회전하며 날아오는 거대한 도끼를 본 나츠미는 패닉에 빠졌다. 선택지는 두 가지. 회피 혹은 요격이다.

"자…… 【자인】!"

나츠미는 요격을 선택했다. 시도의 도끼가 허공에서 움직임을 멈췄다. 그와 동시에 나츠미는 맹렬한 **탈력감**을 느꼈다.

"아차…… 시간이……!"

토카가 다시 움직이기 시작했다. 토카는 시간이 정지되어 있었던 탓에 순식간에 움직인 것처럼 보이는 나츠미 탓에 위화감을 느꼈지만, 전사로서의 직감에 그 위화감을 무시하라고 그녀에게 속삭였다.

"거기냐!"

"크……!"

나츠미는 대미지를 입었지만, 어찌어찌 거리를 벌렸다. 쫓아오는 토카를 곁눈질한 나츠미는 방금 벌어진 일련의 상황을 떠올리며, 머릿속으로 반성회를 시작했다.

나츠미의 행동(액션) 중에서 실수인 점이 몇 가지 있다.

·도끼를 막으려고【자인】을 사용했다.

·『시간』이라는 쿠루미의 독자적인 에너지를 고려하지 않았다.

·토카를 막았다고 안심하며, 시도의 행동에 주의를 기울이지 않았다.

우선 도끼는 회피했어야 할지도 모른다. 아니, 코스와 눈치챈 타이밍을 생각하면 회피할 수 없었을 것이다.

그래도 그 상황에서는【자인】이 아니라【두 번째(베트) 탄환】을 써야 했다.

아마【베트】를 썼다면 토카의 공격에도 여유롭게 대처할 수 있었을 것이다.

하지만【자인】을 쓴 바람에, 나츠미가 소유한『시간』이 확 줄어들었다.

패닉에 빠진 주된 원인은 바로 그 점일지도 모른다.

토키사키 쿠루미의 능력은 사용 횟수가 제한되어 있다. 유심히 보니 쿠루미의 파라미터에는 나츠미 때는 없었던『시간』이란 항목이 있었다. 가만히 있으면 채워지지만,【자인】

을 쓰자 확 줄어들었다.

MP라기보다 게임의 스태미나 항목 같았다. 전력을 다해 대시하면 금방 바닥나지만, 멈춰 서면 곧 회복된다.

『참고로 게임 밸런스 조정을 위해, 본래의 토키사키 쿠루미보다 시간 소비가 극심합니다.』

"응."

정령 체험 VR이 아니라 정령 체험 격투 VR 게임이 된 것 같지만, 나츠미는 일단 신경을 쓰지 않기로 했다.

아무튼, 반성회는 이쯤에서 끝내자.

아무튼, 이제는 반격할 차례다. 반격—하기 위해, 선택지를 열거했다.

어느 선택지를 고르면, 어느 탄환을 쏘면 정답일까. 요격과 도주. 어느 쪽을 고르든 간에, 우선 그녀의 돌격을 막아내야 한다.

…………아니다!

"【알레프】!"

지금 해야 하는 것은 그녀를 엄호(서포트)하는 것이다! 하지만 이 탄환은 요시노를 위한 것이 아니다. 나츠미가 쏜 탄환은 아까 【자인】으로 정지시킨 도끼를 향해 날아갔다.

"아차……."

허공에 고정된 도끼를 향해 손을 뻗던 시도는 당황했다. 정지되어 있던 도끼를 쥐기 직전, 도끼가 고속으로 회전하며 엉뚱한 방향으로 날아간 것이다.

"요시노, 이쪽으로 와!"

"……아, 네!"

나츠미의 목소리를 들은 요시노가 곧장 날아왔다. 도끼를 잃은 시도(겉모습은 이츠카 코토리)는 적이 못 된다.

이 틈에 인간 요새인 토카를 둘이서 쓰러뜨린다. 그것이 지금 상황에서 고를 수 있는 최선의 수다.

요시노도 시도가 무기를 잃었으니 복귀에 시간이 걸리리라는 것을 이해했다. 좀 비겁하다는 생각이 들지 않는 건 아니지만, 애초에 토카와 코토리라는 콤비 자체가 비겁하다 해도 과언이 아니라고 여긴 요시노는 긍정적으로 생각하기로 했다.

"토카!"

"으, 음! 왜 그러느냐, 시도!"

"미안하지만 잠시만 버텨줘!"

"……음, 알았다! 좋아, 어디 해볼까!"

시도가 그렇게 말하자, 토카는 눈에 띄게 의욕을 불태웠다.

"부럽네……." "부러워요."

나츠미와 요시노는 동시에 불만 어린 목소리를 냈다. 자, 일단 토카를 쓰러뜨리자. 두 사람 다 토카에게 딱히 원한이 있지는 않고, 좋아하는지 싫어하는지 물어본다면 좋아하는 부류에 속하는 지인이지만, 그 점은 일단 제쳐두기로 하고 말이다!

◇

시도는 전력을 다해 날아갔다. 하지만 시간 가속으로 고속 회전하는 도끼는 쉽게 따라잡을 수 없을 정도의 속도로 날아가고 있었다. 시간이 흐를수록 돌아오는 게 늦어질 것이며, 필연적으로 토카가 혼자 싸우는 시간이 늘어난다.

토카가 방어에 전념하더라도, 상대는 반전 토카(요시노)와 토키사키 쿠루미(나츠미)다. 단순히 전력만 봐도 두 배에 가깝다. 나츠미는 쿠루미의 능력을 얼추 파악했으며, 더욱 깊이 파악한다면 전력 또한 더 증가할 것이다.

그렇게 된다면 토카는 맞설 방법이 없고, 토카가 격파당한다면 시도 또한 필연적으로 패배한다. 저 두 사람을 한꺼번에 상대할 수 있을 만큼 시도는 천재가 아니다. 전쟁이란 숫자와 질로 승패가 갈린다. 질이 같다면, 숫자에서 밀리는 쪽이 지는 것이다.

하지만, 따라잡을 수가 없다.

물론 이대로 가면 날아가는 속도는 점점 속도가 줄어들면서 낙하할 것이다. 하지만 이 허비하는 시간이 시도와 토카에게 치명상으로 작용할 가능성이 점점 커지고 있다.

어쩌면 좋을까? 손에 쥔 패(카드)는 솔직히 말해 얼마 되지 않는다. 시도는 도끼를 쫓아가는 데만 전념하려다…….

"잠깐만 있어 봐."

이 상황에서 쓸 수 있는 기술이 딱 하나 있었다. 시도는 눈을 감고 타이밍을 쟀다. 그리고, 그 타이밍이 찾아온 순간…….

"【메기도】, 출력 10퍼센트 ver.!"

시도는 그렇게 외치면서, 코토리의 천사인 〈카마엘〉의 원격 조작을 시도했다. 도끼는 다시 대포로서의 기능을 발휘하며, 업화를 흩뿌렸다. 그리고 대포는 시도가 있는 방향을 향해 곧장 날아갔다.

『현실에서는 절대 써선 안 될 기술이군요.』

"긴급사태니까 어쩔 수 없어!"

즉, 백파이어(backfire)다. 역분사의 요령으로, 시도는 〈카마엘〉을 자기 쪽으로 이동시킨 것이다.

게다가 시도는 〈카마엘〉을 잡은 후에도 분사를 멈추지 않았다. 마하의 속도로 날아가는 미사일처럼, 이츠카 시도는 다시 전장으로 귀환했다.

◇

당연하다면 당연한 거지만, 토카는 방어에 급급했다. HP는 눈에 띄게 줄고 있었으며, 영장의 내구력도 언제까지 버텨줄지 알 수 없었다. 온갖 물리 공격을 차단하는 토카의 〈신위

영장·10번(아도나이 멜렉)〉이지만, 요시노와 나츠미의 파장 공격 앞에서는 손상을 피할 수 없었다.

"이제 다 됐어……!"

나츠미는 초조함을 필사적으로 억누르며 요시노에게 말했다.

유리했다. 유리하지만, 어디까지나 유리할 뿐이다. 나츠미의 계산에 따르면, 시도가 전선 복귀하는데 상당한 시간이 걸린다. 가속된 도끼를 움켜잡고 돌아오려면, 최소한 5분은 걸릴 것이다.

5분 안에 결판을 낸다. 요시노를 【알레프】로 가속시키면서, 토카에게는 【베트】를 써서 둔하게 만들었다. 또한 변화구 삼아 【아홉 번째 탄환(테트)】을 써서 10초 후의 토카에게 귓속말을 했다.

"이쪽이야, 토카."

"등 뒤냐, 나츠미?! ……어라?"

갑자기 귓가에서 들려온 목소리에 토카가 뒤돌아보자, 요시노는 그 순간을 놓치지 않으며 일격을 날렸다. 토카의 HP게이지가 더욱 줄어들었다. 영장의 내구력도 거의 제로에 가깝다. 그리고 이제 3분이 흘렀다. 아직 2분이나 여유가 있었다.

비장의 카드인 【헤트】를 쓰지 않고도, 이길 수 있을 것 같았다.

"좋아~. 이길 수 있겠어, 요시노!"

"네!"

"크, 크으…… 질까 보냐~!"

하지만 토카는 지는 것을 싫어했다. 열심히 발을 움직이고, 손을 움직이며, 검을 치켜들어, 시도의 말을 우직하게 지켰다.

1초라도 더 시간을 번다. 그러면, 분명 시도가 도와주러 올 것이다.

"되게 부럽네, 우랴~!"

"네, 정말 부러워요, 이얍~!"

물론 나츠미와 요시노도 그것을 알기에, 이렇게 밀어붙이고 있었다. 옛날부터 질투는 최고의 공격력이라고 했다.

하지만…….

"좋아! 잘 버텼어, 토카!"

나츠미가 계산한 5분보다 2분이나 일찍, 이츠카 시도는 전장에 복귀했다.

"어, 어어어어어어엇?! 어떻게—?! 말도 안 돼! 너무 빠른 거 아냐?!"

"〈카마엘〉의 【메기도】를 반대 방향으로 쏴서, 여기까지 날아왔어."

"우와, 정신 나갔네." "히익……."

나츠미는 솔직한 감상을 입에 담았다. 아니, 그녀는 완전히 질렸다. 요시노도 질린 것 같았다. 대체 뭘 어떻게 하면, 그런 아이디어가 생각나는 걸까.

『저기, 현실에서 그런 식으로 썼다간 이동 루트가 전부 불타서 허허벌판이 될 테니 그런 식의 사용은 추천하지 않아요. 아니, 절대 무리예요.』

"그렇겠지!"

아무튼, 상황은 역전된다. 나츠미와 요시노는 토카를 쓰러뜨리는데 전력을 기울인 탓에, 수세에 몰리자 그 반동이 어마어마했다.

토카는 시도의 뒤편으로 물러나서 회복될 때까지 기다린 후, 다시 참전했다. 그 사이, 시간을 버는데 주력한 시도는 〈카마엘〉을 휘두르며 요시노와 나츠미를 주시했다.

나츠미는 뒤늦게 【헤트】를 썼지만, 태어난 토키사키 쿠루미는 독자적인 사고회로에 따라 움직이는 BOT이어서(소프트의 한계) 크게 도움이 되지 않았다.

……훗날, 나츠미는 자신의 패인을 이렇게 밝혔다.

나츠미 왈…….

"까놓고 말해서 말이야~. 내가 쓴 토키사키 쿠루미의 힘을 가장 잘 알고 있는 건, 그녀 본인을 제외하면 시도잖아. 응, 정보전에서 진 거야. 대책도 왕창 생각해둔 것 같더라니깐."

우선【베트】와【자인】같은 행동 저해에 대해서는 공격을 하기 전에 기척으로 눈치채고 거리를 벌렸다.【알레프】의 경우에는 거꾸로 접근해서, 속도가 중요시되지 않도록 힘으로 밀어붙였다.

시도 왈…….

"어, 정보? 그야 중요하니까 열심히 외웠어. 정령의 힘은 엄청나. 인지를 초월했어. 하지만 힘을 쓰는 이들은 인간적인 사고회로를 지녔잖아? 게다가 쿠루미와는 몇 번이나 이야기를 나눠봤는걸. 이런 식으로 어떻게 될까, 같은 생각을 여러모로 해봤다고. 나만이 아니라, 한 번 싸워본 적이 있는 코토리도 마찬가지야."

"으으~."

"끄아~ 졌어!"

요시노가 조종하던 반전 토카가 먼저 쓰러졌고, 곧 나츠미가 조종하던 토키사키 쿠루미도 시도가 무리하게 날린【메기도】를 맞고 뻗으면서 승패가 갈렸다.

『콩그레츄레이션. 시도·토카 팀의 승리입니다~.』

"음. 해냈구나, 시도!"

"토카 덕분이야!"

꺄아꺄아~ 하며 기뻐하는 두 사람과 대조적으로, 진 두 사람은 부럽다는 듯이 손가락을 깨물었다.

『여러분의 테스트 플레이 덕분에, 이 체험 소프트도 더욱 업그레이드될 수 있을 것 같습니다. 정말 감사해요.』

마리아의 그 말로 게임은 종료됐고, 시도는 풀이 죽은 나츠미와 요시노를 위로하기 위해 저녁에 「두 사람이 좋아하는 거라면 뭐든지」 만들어주기로 약속했다.

"아, 맞다. 마리아."

『네? 시도, 무슨 일이죠?』

"아니, 좀 신경 쓰이는 게 있는데……."

—훗날.

『시도의 지적대로, 토키사키 쿠루미의 【헤트】로 다수의 분신을 만들어낸 후에 정령 선택 화면으로 되돌아가는 식으로 다른 정령을 무한 증식시키는 버그가 발견되어서 이용이 전면적으로 금지됐습니다.』

『또한 전원이 미쿠를 선택한 후에 〈파군가희(가브리엘)〉로 【원무곡(론도)】을 일제히 발동하면, 소프트뿐만 아니라 〈프락시너스〉의 운용 프로그램이 손상을 입을 수 있는 버그도 발견됐습니다.』

『앞으로 저는 이 버그를 【절대악몽·무한 미쿠 직격 론도 세계 아포칼립스 버그】라 호칭하며, 수정될 때까지 미쿠를 플레이하는 것을 금지하겠습니다. 양해 부탁드립니다.』

"죄송한데요, 그 버그 명칭은 너무하지 않나요~?!"

이자요이 미쿠가 항의했지만 받아들여지지 않았다. 또한, 그녀는 정령 무한 증식 버그를 악용해서 상하좌우위아래 전부 귀여운 정령들! 슈퍼 하렘! 행복! 딜리서스! 를 저지른 바람에 한 달 동안 이용 금지를 당했다.

어떤 사람이든 간에 정령을 체험할 수 있는 VR게임, 부디 여러분도 즐겨보시지 않겠습니까?

플레이 조건은 매우 간단!

· 정령일 것.
· 이츠카 시도일 것.

이 두 가지 중 하나만 만족시키면 오케이랍니다! 이상이에요~!

DATE A LIVE ANOTHER ROUTE

True route MUKURO
Author : Fujino Omori

무쿠로 트루 루트

오모리 후지노

데이트 어 라이브 어나더 루트
발매 기념 초판 한정 특전

하늘이 까맣다.

밤이다.

어렴풋이 메마른 눈물 같은 별빛이 보였다. 달은 보이지 않는다.

그리고 거울에 비친 것처럼 육지도 까맣다.

바다조차도 까맣다.

지평선과 수평선의 의미가 사라져, 경계를 잃은 세상은 지독하게 모호했다.

즉, 세상은 『단 둘뿐인 소녀와 소년』을 남기고, 죽음을 맞이했다.

"나리…… 아~, 해보거라."

아무도 없는 대지에서, 소녀는 미소 지었다.

가는 손가락으로 쥔 건빵을, 자신의 무릎을 베고 누운 소년의 입가로 가져갔다.

소년은 반응하지 않았다.

외상은 없었다. 하지만 눈동자는 삶을 포기했다. 소년의 눈길은 허공을 향하고 있으며, 살짝 벌어진 입에서는 말이 새어 나오지 않았다. 그래서 소녀는 건빵을 자기 입에 넣고, 꼭꼭 씹은 후, 입맞춤해서 먹여줬다.

두 사람을 지켜보는 이가 아무도 존재하지 않는 주위, 무너진 폐허에는 시야를 가리는 게 없었다.

콘크리트와 철근으로 된 아득한 사막만이 그저 펼쳐져 있었다.

텐구 시. 한때 이곳에 있었던 도시의 이름.

지금은 소년과 소녀밖에 없는, 황무지.

“나리, 필요한 것은 없느냐?”

“…….”

“먹고 싶은 건? 마시고 싶은 건?”

“…….”

“게임은 어떠냐? 무쿠는 잘하지 못하지만, 나리를 위해 연습하겠느니라.”

“…….”

소녀는 무쿠로, 소년은 시도. 그렇게 불렸다.

이 세상을 『둘뿐인 세상』으로 만든 건, 무쿠로였다.

단추 하나가 잘못 채워지면서 이 모든 일이 벌어졌다. 절망, 고독, 갈망, 가족. 수많은 것이 쌓이자, 무쿠로는 파괴와 폭주를 자행했다. 소중한 가족을 원하고, 사랑을 갈망한 끝에, 괴물이 됐다.

모든 것이 공평하게 멸망했고, 다른 정령들마저 해치웠다.

피로 물든 전쟁(데이트) 끝에 정령들은 패배했고, 소녀는 유일한 승자가 됐다.

정사(正史)라 불리는 것이 존재한다면, 이 세상은 그 어떤 세상에도 속하지 않는 루트를 나아갔다. 그리고 그 끝에서, 무쿠로는 일탈하고 만 것이다.

『이건 아냐.』

그렇게 도달한 결말에, 여신과 다름없는 영(零)(제로)의 존재는 누구에게도 닿지 않을 목소리로 그렇게 중얼거린 후에 어딘가로 사라지고 말았다.

그리하여, 무쿠로와 시도뿐인 세상이 완성됐다.

"해줬으면 하는 건 없느냐? 무쿠는 나리를 위해서라면, 뭐든 할 수 있느니라."

영장은 과거에 벌어진 격렬한 전투를 짐작하게 하듯, 곳곳이 찢기고 부서져 있었다. 그 모습은 마치 마왕의 잔해 같았다. 혹은 짐승(비스트) 같아 보였다.

"무쿠는 뭐든 하겠느니라. 정말, 뭐든 하마. 그러니까……."

둘 뿐인 세상은, 무쿠로에게 있어 낙원이었다.

행복 그 자체였다.

"그러니까………… 나리, 무쿠를 불러 다오."

그럴 거라 믿었다.

"무쿠를, 바라봐다오……!"

하지만 무쿠로의 일그러진 눈가에서, 눈물이 흘러내렸다.

그것도 그럴 것이, 시도가 웃지 않았다.

무쿠로를 불러주지 않았다. 그 시절처럼 상냥히, 머리를 쓰다듬어주지 않았다.

마치 식물이 되어버린 듯하던 그는 생명마저 스러지려 하고 있었다.

시간이 얼마나 흘렀는지도 이제는 모른다. 그저 무쿠로가 자신이 한 짓이 잘못됐다는 것을 깨닫기에 충분한 시간이었던 것은 분명했다.

무쿠로의 독선적인 사랑은, 시도를 행복하게 만들어주지 못했다.

무쿠로와 시도는, 아담과 이브가 되지 못한 것이다.

"무쿠는…… 무쿠는……!"

죄책감이라는 말은 끝없이 밀려오는 후회를 전부 담아내기엔 부족했다. 자신이 해치운 정령들의 목소리가, 분노가, 슬픔이, 무쿠로를 지옥 끝까지 쫓아와 비난했다.

소녀를 위로해주는 사람은 없었다. 눈물을 흘리는 무쿠로를 둘러싼 것은, 폐허란 이름의 말 못 하는 묘비뿐이었다.

"무쿠가, 잘못했느니라……! 전부, 모두 다……!"

무쿠로의 오열만이 울려 퍼졌다.

시도와 쭉 같이 있고 싶었다. 그저, 그뿐이다.

그것이 이런 결말을 초래했다. 비참한 후회는 조소도 실망도 낳지 않았고, 돌이킬 수 없는 현실만을 냉엄하게 알려 줄 뿐이었다.

검게 탁해진 눈동자를 눈물이 씻겨 내리자 순진무구한 빛을 되찾았다.

자신의 잘못을 그제야 깨달은 무쿠로는 스스로를 저주하며, 아무도 없는 세상에 끝없이 사과했다.

"…………만약……."

떨리는 목소리로 말하며, 떨리는 팔로 소년을 끌어안았다.

"만약…… 실수를 돌이킬 수만 있다면…… 무쿠는…… 나리를…… 모두를……."

그런 어리석은 『만약』을 중얼거리며, 무쿠로가 구원 없는 영원한 지옥에 떨어지려던 순간…….

무쿠로의 눈물이 시도의 볼에 떨어지자, 그의 손이 희미하게 움직였다.

"…………자프……키……엘…………."

소년의 손에, 『단총』 한 자루가 현현됐다.

"나, 리……?"

검은 칠이 된 그것은 단순한 총이 아니다. 무쿠로도 잘 아는 정령의 무장, 〈천사〉.

〈나이트메어〉 토키사키 쿠루미의 〈자프키엘〉이다.

무쿠로는 눈물이 맺힌 눈을 치켜뜨며, 깨달았다.

시도가 무쿠로를 벌하려 하는 것이다.

세상을 멸망시킨 자신을 단죄하기 위해, 죽이려는 것이다.

자신을 향한 총구를 쳐다보며, 무쿠로는 미소 지었다.

미소 지으며, 모든 것을 받아들었다.

"미안하다, 나리……. 미안하다, 다들……."

눈물로 볼을 적신 무쿠로는 눈을 감으며, 그 순간을 기다렸다.

그래서, 무쿠로는 눈치채지 못했다.

죽어가는 소년의 눈동자에 희미하게나마 빛이 다시 어렸으며, 그가 이 죄 많은 정령을 구원하려 하는 유일한 존재라는 것을…….

"……유, 드………… 베, 트…………."

응집되는 방대한 영력, 장전된 소년의 마음.

방아쇠를 당긴 순간, 포개져 들려온 총성이 메아리치면서 무쿠로의 의식을 새하얗게 물들였다.

◇

매미의 울음소리가 들렸다.

"…………어?"

날카로운 햇살이 아스팔트를 달구자, 아지랑이가 피어올랐다.

길 한복판에 멍하니 서 있던 무쿠로는, 얼이 나갔다.

의식이 어둠 속에서 건져 올려지자, 자신은 황폐해진 대지가 아니라 포장도로와 집들이 줄지어 있는 한적한 주택가에서 있었다.

그렇다. 무쿠로가 모든 것을 파괴하기 전의, 평화로운 마을.

바로 기억 속에 있는 『텐구 시』였다.

"…………이, 이게 무슨…………?"

우선 무쿠로는 시각을 의심했다. 다음으로 청각에 당황했고, 후각에 놀랐다.

싱그러운 잎이 달린 낙엽수가 눈동자에 비쳤다. 멀리서는 아이들이 즐겁게 노는 소리가 들려왔다. 희미하게 코를 찌르는 건, 향긋하다고 말하기 힘든 배기가스 냄새다. 그 모든 것은 둘 뿐인 세상에서는 사라진 지 오래된 것들이었다.

이것은 꿈인가, 아니면 환상인가.

자신이 제정신인지 의심하기 시작한 무쿠로는 그 자리에 멀뚱멀뚱 선 채, 사고회로를 가동했다. 그러자, 이 상황에 이르기까지의 기억이 머릿속에 떠올랐다.

자신은, 그 완전히 망가진 세상에서……

사랑하는 소녀이 쏜 총에 맞는다고 하는, 벌을 받았—.

"—윽!!"

거기까지 생각이 미친 순간, 무쿠로의 조그마한 몸을 타고 전류가 흘렀다.

만약, 그것이…….

설마, 그것이, 무쿠로를 벌하려는 총탄이 아니라, 『속죄할 기회를 주려는 자비』였다면…….

수많은 정령을 봉인해온 소년이 펼친, **시간을 조작하는** 권능이라면…….

"하아, 하아, 하아—!!"

무쿠로는 숨결이 거칠어지는 것을 무시하며, 필사적으로 달렸다.

차와 자전거, 푸른 하늘과 신호기, 버스 정류장과 교복, 공원과 고양이, 그리고 스쳐 지나가는 수많은 사람. 경치가 바뀔 때마다 몇 번이나 좌우를 둘러봤고, 곧 다시 뛰어갔다.

〈천사〉는 안중에도 없었다. 하늘을 난다는 생각조차 하지 못했다.

그저 뛰고, 뛰고, 또 뛰며, 단 한 사람을 찾았다.

아무런 단서도 없이, 사람 한 명을 찾기엔 너무나도 넓은 마을 안을, 정신없이 뛰어다녔다.

그렇기에…….

『그』를 발견한 순간, 무쿠로는 운명을 믿기로 했다.

"하암~ 졸려……."

소년은 걸으면서, 느긋하게 하품을 했다.

무쿠로에게 낯익은 라이젠 고교의 교복 차림을 한, 익숙한 눈빛과 목소리를 지닌 그가, 살아 있었다.

"아…… 아아……."

떨리는 숨결과 함께, 목소리가 오열을 머금었다.

무쿠로의 눈동자에, 물기가 어렸다.

"응……? 어…… 코, 코스프레?"

자신을 쳐다보며 눈물짓는 무쿠로를 본 소년이 뚱딴지같은 말을 했다.

하지만, 그런 것은 아무래도 상관없다.

무쿠로는 가슴에서 넘쳐흐르는 충동에 따르며, 눈앞의 소년을— 이츠카 시도를 끌어안았다.

"나리!"

"우와아아아아아아아아아앗?!"

소년의 목에 두 팔을 두르더니, 물어뜯으려는 것처럼 얼굴을 맞댔다.

그의 체취가, 고동이, 온기가, 무쿠로의 모든 것을 충족시켰다.

시도가 살아있다는 사실이, 무쿠로와 그의 사이에 존재하던 온갖 빈틈을 없앴다.

무쿠로는, 소리 내어 울었다.

"어, 잠깐만…… 어어어어어어엇?!"

한편, 시도는 혼란의 극치에 도달했다.

미소녀가 울음을 터뜨리면서 안겨든 것으로 모자라, 풍만하기 그지없는 쌍둥이 산이 변형을 거듭하며 자신의 가슴을 압박하고 있었다. 이 시점에서는 이성과의 소동(해프닝)과 인연이 없는 소년인 시도는 얼굴을 새빨갛게 붉히더니, 냉정한 판단을 내릴 수 없는 상황에 부닥쳤다.

"나리…… 나리……!"

몇 번이나 훌쩍이며, 사랑하는 소년을 부르던 무쿠로는 똑똑히 깨달았다.

이곳은 『과거』.

토키사키 쿠루미의 천사 〈자프키엘〉의 권능, 【열두 번째 탄환(유드 · 베트)】에 의해 시간 역행을 한 것이다.

절망의 미래를 바꾸기 위해서…….

지금 이 자리에 있는 시도를 『과거의 시도』라고 부른다면, 『미래의 시도』가 무쿠로에게 『돌이킬 기회』를 준 것이다.

(나리…… 미안하다……. 고맙구나……!)

돌이킨다 한들 무쿠로의 죄는 사라지지 않는다. 이것은 오만에서 비롯된 자기만족이 틀림없다.

그럴지라도, 이번에는 실수하지 않겠다.

시도, 그리고 시도와 얽힌 모든 이를 행복하게 해주자.

자기 자신을 희생시켜서라도…….

호시미야 무쿠로는 이날, 자기 자신에게 그런 절대적인 맹세를 새겼다.

◇

"우, 울음은 그쳤어? 그럼 다행이지만……. 으음, 우리는 초면 맞지? 왜 갑자기 울면서, 안겨든 건지…… 뭐? 싫었냐고? 아, 아니, 싫지는 않았고, 너무 부드러워서 감사합니다~ 싶은 심정으로 행복에 겨웠달까, 아니, 그러니까 버려진 강아지 같은 표정 짓지 마……!! …………어, 오늘 날짜? 몇 년인지도 가르쳐달라고? 20××년 7월 6일인데…… 어, 어이! 어디 가는 거야?! 좀 설명을…… 어이?!"

드디어 울음을 그친 무쿠로는 정보 수집을 적당한 선에서 그친 후, 사랑하는 소년 앞에서 휘잉~! 하고 도망쳤다.

정신을 차리고 나니 너무나도 부끄러웠고, 아직 정서가 불안정한 지금 상태에서 시도 앞에 있다간 감정이 폭주해서 무슨 짓을 저지를지 몰라서다.

"지금은 7월 6일……! 나리는 고등학교 1학년! 무쿠의 기억이 올바르다면, 아직 토카와 만나기 전……!"

정령 중에서 늦게 시도와 만났던 무쿠로는 토카를 비롯한 다른 정령들에게 예전 추억 이야기를 자주 들었다. 그 정보에 따라, 시도가 〈라타토스크〉에 들어가기 전이라고 짐작했다.

"무쿠가 해야 하는 건, 나리를 지키면서 이번에야말로 행복하게 만들어주는 것! 호시미야 무쿠로가 어리석은 잘못을 저지르지 않으면서, 다른 정령과 세상을 구하는 것이니라!"

현재의 가장 큰 목표를 소리 내서 말한 후에야, 무쿠로는 달려가던 발을 멈췄다.

호흡을 가다듬으면서 옷가게의 쇼윈도에 손을 짚은 무쿠로는 그 유리에 흐릿하게 비친 자기 자신을 쳐다봤다. 시도의 【유드·베트】의 효과가 얼마나 지속될지 알 수 없다. 하지만— 오랫동안 이 과거에 머물 수 있다.

마음속 깊은 곳의 속삭임이 알려준 것처럼, 무쿠로는 그런 불가사의한 직감을 느꼈다.

(나리는 이제부터 정령들과의 전쟁(데이트)에 휘말릴 것이니라……. 그걸 도우면서, 정령들도 구원하기 위해선…….)

시도와 정령들에게 속죄하기로 맹세한 무쿠로는 생각에 잠겼다.

다행히, 시간을 역행한 무쿠로에게는『미래의 지식』이라는 어드밴티지가 있다.

이제부터 무슨 일이 일어날지 안다는 건, 절대적인 무기다.

무쿠로는 나비효과나 타임 패러독스처럼 니아가 잘 알 듯한 지식은 모른다. 하지만 적어도 과거를 바꾸는 것을 두려워해선 아무것도 이룰 수 없다. 그 점만은 확신한다. 그러니 주저하지 말고, 대담하게 행동해야 한다.

(그럼 지금, 무쿠가 선택해야 할 길은—.)

"어~? 언니는 누구야?"

하얀 리본으로 둘로 나눠 묶은 긴 머리카락과, 도토리처럼 동그란 눈동자.

시도와 마찬가지로 미래에서 몇 번이나 얼굴을 마주했던 소녀를 본 무쿠로는 두 번째 『첫 인사』를 나눴다.

"길 한복판에서 갑자기 말 걸어와서 헌팅인가 했더니~, 엄청난 미소녀네! 그리고 무지 커! 뭐가 큰지는 말 안 하겠지만 되게 크네?! 우왓, 내 앞에 서지 마~!!"

"이츠카 코토리."

가슴이 부각되는 블라우스(전에 코토리가 입었던 옷을 영력으로 재현했다)를 본 소녀가 얼이 나간 가운데, 무쿠로는 그녀의 이름을 입에 담았다.

그리고…….

"무쿠는 정령이니라."

대뜸, 아무런 예고나 서론도 없이, 단도직입적으로 고백했다.

"……언니~, 무슨 소리를 하는 거야? 갑자기 이상한 소리를 하네. 혹시, 우리 오빠처럼 중2의 마음을 품고 있는 참안 된 사람—."

"그리고, 그대도 무쿠와 마찬가지지. 안 그러느냐? **동족.**"

"…………."

순진무구한 소녀의 가면이, 코토리의 얼굴에서 흘러내렸다.

무쿠로가 결정타 삼아 거대한 열쇠 형태의 석장 〈봉해주(封解主)〉(미카엘)를 출현시키자, 입을 다물며 고개를 숙인 이츠카 코토리는 머리카락을 묶은 하얀 리본을 풀었다.

"—어째서 정령이 감지도 안 되며 현계했고, 이름까지 밝힌 건가. 무엇보다, 어떻게 내 정체를 알고 있는가…… 물어보고 싶은 게 많긴 하지만……."

푼 머리카락을 검은색 리본으로 묶었다.

그리고 고개를 들자, 눈앞에 있는 이는 평범한 소녀가 아니라 한 명의 『여왕』이었다.

"당신, 정체가 뭐야?"

『사령관 모드』가 된 코토리의 안광은, 나이에 걸맞지 않게 날카롭기 그지없었다.

이 소녀를 만나는 건 참 오래간만이란 생각이 들었다.

이 상황에 어울리지 않게 웃음을 흘릴 뻔한 무쿠로는 표정을 굳히더니, 주눅 들지 않으며 말했다.

"정령이라고 말하지 않았느냐. 무쿠의 이름은 호시미야 무쿠로. 그대 앞에 나타난 목적은 딱 하나이니라. 무쿠를, **그대들의 조직**에 넣어다오."

무쿠로가 취한 행동. 그것은 〈라타토스크 기관〉과 접촉하는 것이다.

기관의 일원이 되어, 시도와 정령들의 데이트를 도울 생각이다.

지금의 무쿠로는 망설임이 없었다. 니아가 게임을 하면서 말했던 효율충, 혹은 TAS 씨(의미는 모른다)가 될 작정이었다.

그렇다. 지금의 무쿠는 『효율충 TAS 무쿠로 양』이다—!!
"뭐?"
코토리는 그 말을 듣고 당황했다. 뜬금없는 제안인데다 자신이 속한 비밀조식도 인급되자, 경계 레벨이 급상승했다.
무쿠로도 자신에게 악의가 없다는 것을 호소하기 위해, 〈천사〉를 지면에 내던졌다.
그리고 신용과 신뢰를 얻기 위해— 딱 잘라 말했다.
"실은— 그대의 오라버니에게 한눈에 반했느니라!"
"뭐?"
무쿠로의 턴은 이어졌다!
"이츠카 시도…… 강하고 상냥한 그대 오라버니의 힘이 되고 싶다……!"
"어?"
"반년 전이었을까. 우주를 떠다니던 무쿠는 이상적인 나리를 보고 말았지!"
"자, 잠깐만 있어 봐."
"참고로 코토리에 대해 알게 된 것은 그대 오라버니를 아침부터 밤까지 24시간 감시하고 있었기 때문이니라. 그대의 집은 참 좋은 곳이더구나. 무쿠도 함께 살면서 그대 오라버니와 꽁냥꽁냥~하고 싶으니라."
"할 말이 산더미처럼 있긴 한데, 우선 내 손에 죽고 싶어?! 이 변태 스토커!! 동생 앞에서 오빠한테 욕정 품지 말란 말이야!"

무쿠로는 거짓말에 약간의 진실을 섞으면서 교섭을 이어갔다.

「왜 이미 정령을 공략한 거야」, 「그 천연 바람둥이 오빠……!」 하고 중얼거린 코토리는 두통이 나는지 관자놀이를 손가락으로 눌렀다.

코토리는 잠시 핸드폰을 조작하더니, 무쿠로를 데리고 패밀리 레스토랑으로 향했다.

점원은 전부 〈라타토스크〉의 스태프다. 레이네도 있었다. 무쿠로를 경계하는 것 같았다. 『텐구의 휴일』이라 쓰고 『파란』이라고 읽으면 되려나.

"……자리에 앉았으니까, 자세한 이야기를 들어볼까?"

무쿠로는 테이블 맞은편에 코토리에게, 미리 준비해둔 이야기를 해줬다.

정체불명의 불가시 미채 반응, 텐구 시 상공에 떠있는 **거대 공중함**, 거기에 드나드는 코토리가 미심쩍어서 그녀의 주위를 철저하게 조사했다. 황당무계한 이야기지만 『미래의 정보』에 의해 현실미가 가미됐다. 이야기가 진행될수록, 코토리는 더 골치가 아파 오는 것 같았다.

"비밀 기관(라타토스크)의 정보가 이렇게 간단히 새어 나갈 리가 없거든?!"

참다못한 코토리가 큰 목소리로 그렇게 지적하자…….

“무쿠는 허공에 『문』을 만들 수 있기에, 어디든 자유롭게 출입할 수 있느니라. 이런 식으로 말이지.”

무쿠로는 【개(開)】(라타이브)를 펼쳐 보였다. 그러자 코토리는 테이블에 넙죽 엎드렸다.

전부 거짓말이라는 게 간파될 걱정도 없었다. 레이네가 정령의 맥박을 모니터링하고 있겠지만, 무쿠로는 미리 일부 감정에 【폐(閉)】(세그바)를 걸어뒀다. 지금의 무쿠로에게 **거짓말 탐지기**는 통하지 않는다. 코토리가 레이네에게 슬쩍 시선을 보내자, 그녀는 고개를 저었다.

“미리 말했다시피, 그대 오라버니의 힘이 되고 싶다는 건 사실이니라.”

“…….”

“그 사람이 위험에 처한다면, 지켜주고 싶다. ……구해주고 싶으니라.”

“…….”

“그러니, 무쿠의 힘은 봉인하지 말아다오. 경과 관찰 중인 그대와 같은 신분을 원하느니라.”

“……진짜로, 모든 다 알고 있나 보네.”

“음. 힘이 봉인되면, 무쿠는 그대의 오라버니를 지킬 수 없느니라. 만약 무쿠가 위험하다고 판단된다면…… 죽여도 괜찮다. 뭣하면, 폭탄이라도 달아라.”

무쿠로는 자신의 각오를 이야기했다. 그 각오만큼은, 거짓말로 점철된 무쿠로에게 있어 숨김없는 진실이었다.

하지만 미래에서 왔다는 것만큼은 도저히 이야기할 수 없었다.

우선 믿어주지 않을 것이며, 무엇보다 자신의 『죄』를 실토할 수가 없었다. 전부 무쿠로가 약한 탓이다.

이야기를 마치자, 패밀리 레스토랑 안은 무거운 침묵에 휩싸였다.

스태프들이 마른침을 삼키며 지켜보는 가운데, 굳게 눈을 감고 있던 코토리는…… 한숨을 내쉬었다.

"아무튼, 우리는 너를 내버려 둘 수 없어."

"……아! 그럼……!"

"성가신 능력을 지녔으니까, 힘으로 가둬둘 수도 없을 거잖아. 하아, 골칫거리가 늘어났다니깐……!"

투덜거리며 판단을 내린 코토리는 몸을 내민 무쿠로를 손가락으로 가리키며 「단!」 하고 외쳤다.

"너에 대해서는 원탁회의(라운즈)에 보고할 거야. 네 요청을 들어줄지는 상부의 판단에 달렸어. 어떤 식의 『조치』가 취해질 가능성이 커. ……그래도 괜찮아?"

"물론이니라. 무리한 부탁을 한 건 무쿠이지 않느냐. 온갖 측면에서 무쿠를 의심하거라. ……그 의심 위에서, 신용을 얻고 말겠노라."

무쿠로가 진지한 표정으로 고개를 끄덕이자…….

코토리는 흥 하고 코웃음을 치면서 막대사탕을 입에 문 후, 당당히 말했다.

"〈라타토스크〉에 어서 와. 환영받을지 말지는 호시미야 무쿠로, 당신 하기에 달렸어."

◇

결론부터 말하자면, 무쿠로의 힘은 봉인되지 않았다.

해석 결과, 시도를 향한 호감도가 천원돌파(이때는 【세그바】를 해제해서 감정을 폭발 해방했다) 상태였으며, 적의는 전무했다. 무엇보다 무쿠로는 순종적이었고, 매우 유용했다. 이 힘을 제안하는 건 아깝다는 것을 〈라타토스크〉 상층부도 인정할 수밖에 없을 정도로 말이다.

물론 최고 간부들이 그 힘을 이용하려고 암약했지만, 정령들을 도우려 하는 의장(우드먼) 일파가 손을 쓴 덕분에 보험 삼아 『목걸이』만 채우기로 했다. 무쿠로가 반역의 뜻을 내비친 순간, 그 목걸이를 폭발시키려는 것이다.

이리하여 원래의 역사와 다르게, 무쿠로는 〈라타토스크〉의 일원이 됐다.

그리고— 소년의 데이트가 시작됐다.

"공간진 경보…… 왔느냐, 토카."

4월 10일.

고대하던 X데이에 사이렌이 울리자, 무쿠로는 그렇게 중얼거렸다.

빌딩 옥상에서 화창한 하늘을 올려다보고 있을 때, 귀에 장착한 인터컴으로 통신이 들어왔다.

『무쿠로! 너 지금 어디 있는 거야?!』

"어딘가의 빌딩이니라."

『어딘가가 대체 어디인데?! 라운즈에서 허가가 떨어졌어! 작전을 개시할 거니까, 빨리 〈프락시너스〉로 돌아와!』

무쿠로가 〈라타토스크〉 들어가고 이미 반년 이상 흘렀다.

코토리를 비롯한 〈프락시너스〉 승무원들에게서, 무쿠로는 신뢰를 얻었다. 『자신과 연관된 모든 이들을 행복하게 해주고 싶다』라는 오만한 소망에 따라, 전에는 거의 교류하지 않았던 자들도 적극적으로 도와준 덕분이다. 특수 취향에 글래머를 질색하는 칸나즈키마저도…….

「이렇게 헌신하다니, 당신을 사령관님의 왼팔로 인정할 수밖에 없겠군요……. 하지만 오른팔은 바로 접니다! 아, 사령관님! 걷어차 주시는 겁니, 아아~!」 하고 평가했다.

"코토리, 미안하지만 무쿠는 독자적으로 움직이겠느니라."

『뭐? 무슨 바보 같은 소리를 하는 거야! AST까지 움직이고 있단 말이야. 포착되기라도 했다간……!』

"그쪽은 알아서 하마. 안심하거라. 코토리의 오라버니는 무쿠가 지키겠다.”

무쿠로는 이 세상의 시도를 『나리』가 아니라 『오라버니』라고 부르기로 했다.

자신이 사랑하고, 고통을 안겨주고 만 『미래의 시도』와, 『과거(지금)의 시도』는 별개의 인물이다.

그것이 무쿠로가 내린 결론이다.

처음에 접촉한 후, 오늘까지 그와 단 한 번도 만나지 않았다.

“미안하다, 코토리……. **미안하다, 토카. 그리고 아직 만나지 못한 정령들이여.** 무쿠는 지금부터 『악마』가 되겠느니라.”

인터컴의 통신을 강제적으로 끊은 후, 빌딩 아래를 내려다봤다.

셸터로 서둘러 대피하는 주민들, 인적이 사라진 마을.

그리고 공간이 일그러지며 나타난 옥좌와, 폭력적일 만큼 아름다운 소녀.

마지막으로, 빨려들 듯 그 소녀에게 다가가고 있는 한 소년.

소년과 소녀가 해후한— 바로 그때.

무쿠로는 〈미카엘〉을 쥐고, 허공의 『문』에 들어서며, **도약했다.**

“—너, 넌…….”

“……이름…….”

소년이 목소리를 냈다.

소녀가 어딘가 슬픈 눈길로, 운명의 선율을 자아냈다.

"—그런 건……."

"〈미카엘〉!!"

그리고 무쿠로가 그 선율을, 끊었다.

"“윽?!”"

무쿠로는【문】에서 스윽 나오며, 토카의 등 뒤에 출현했다.

그리고 다들 경악에 잠겨 있을 때, 소녀의 등에 열쇠를 꽂으며, 「【세그바】!!」 하고 **정령의 힘을 봉인했다.**

—푸웁?!

머나먼 상공에 있던 코토리가 막대 사탕의 막대를 입 밖으로 뱉었다.

마찬가지로 모니터를 통해 상황을 지켜보고 있던 프락시너스의 승무원들 또한 침을 튀겼다.

공격을 준비하고 있던 AST의 토비이치 오리가미 상사는 눈이 콩알만 해졌다.

그리고 현장을 혼돈에 빠뜨린 장본인, 호시미야 무쿠로는 무력화된 정령과 소녀를 구멍 안으로 끌고 들어가면서 안전한 장소로 유괴했다.

『어떻게 하면 오라버니의 신체적 안전을 보장하면서, 데이트를 서포트할 수 있을까.』

무쿠로는 반년 동안 그것만 생각했다.

시도에게는 생채기 하나 입히고 싶지 않았다.

정령들도 다치게 하고 싶지 않다.

하지만 정령들의 권능은 하나같이 강력하다. 리스크 없이 공략하는 건 꿈에 불과하다. 무쿠로의 〈미카엘〉도 강력한 〈천사〉지만, 미래의 지식을 지녔을지라도 허를 찌를 수 있는 건 한 번 뿐이리라— 거기까지 생각한 무쿠로는 퍼뜩 이런 아이디어가 떠올랐다.

『음? 그럼 그 한 번의 기습으로 배후를 점한 후, **능력을 봉인해버리면 되지 않을까?**』

악마적인 발상이었다.

운명의 만남이나 감동적(드라마틱)인 전개를 전부 박살내 버리는 악랄한 반칙이기도 했다.

재해나 다름없는 힘을 〈미카엘〉의 【세그바】로 봉인해버리면, 정령도 평범한 여자애에 지나지 않는다. 미래에서는 정령 격추왕으로 이름을 떨친 시도(나리)라면, 그런 평범한 여자애를 공략하는 건 식은 죽 먹기일 것이다.

만약 『원작의(오리지널) 스토리』 같은 게 존재한다면 완전 발끈 분노 폭발급의 짓거리를, 무쿠로는 저질렀다. 거듭된 모의실험 끝에, 오늘 실행에 옮긴 것이다.

"왜 〈산달폰〉이 침묵한 것이냐! 너희는 누구지?! 저, 저리 가! 다가오지 마라!"

"오라버니, 뽀뽀다! 뽀뽀하는 것이다! 그러면 전부 해결될 것이니라!"

"이게 뭐야, 이게 뭐냐고오오오오오오오오오?!"

전이(워프)한 라이젠 고교의 옥상이 혼돈의 발생지가 되어버린 것은 말할 필요도 없을 것이다.

토카 공략 작전은 수습이 불가능해진 것처럼 여겨졌지만— 그래도 시도는 역시 시도였다.

자세한 설명을 듣고 각오를 다진 시도는 힘을 봉인 당해서 토라진 토카를 순식간에 공략했다. 대정령 라이플 〈CCC(Cry Cry Cry)〉를 맞는 일도 없이 말이다. 이 점에 있어서는 코토리 사령관도 대만족이었다.

그 후, 실적을 인정받은 무쿠로의 『폭거』는 잦아들 줄을 몰랐다.

"아, 맞다. 나는—."

"……! 다, 다가오지…… 마세……."

"〈미카엘〉!!"

""어?!""

시도가 아직 상대가 정령인 것을 눈치채지도 못한 악랄한 상황에서, 요시노를 봉인했고…….

"쿠루미, 너……!"

"하~지~만~…… **저**만은 **죽어줄** 수 없답—."

"〈미카엘〉!!"

"—인정 못한답니다아아아아아아아아아아아아아아아아앗?!"

본체가 나타날 때까지 기다리고 기다린 끝에, 쿠루미마저 개그 시공에 빠뜨렸으며…….

“후…… 이 몸의 슈투름·란체에는 섭리에 묶인 그릇 따위 존재하지 않는다!”

“〈미카엘〉(웃음).”

“(웃음)을 붙이지 마아아아아아앗!”

“원통. 당했어요.”

수학여행지에서 결투를 벌이던 야마이 자매는 둘 다 한꺼번에 【세그바】에 당하고 말았다.

“약았어. 역시 무쿠로는 약아빠졌어……!”

“그것보다 〈미카엘〉이 너무 초전박살인 거 아냐……?”

“즉, 〈초전박살의(조디악) 사조성〉 무쿠로……!!”

“그 식별명은 싫구나.”

그 멋진 솜씨는 시이자키 히나코를 비롯한 〈프락시너스〉 승무원조차 전율하게 할 정도였으며, 〈짚인형(네일 노커)〉과 〈빨리도 찾아온 권태기(배드 매리지)〉에 이어 〈초전박살(모두의 트라우마)〉라는 이름을 얻었다. 무쿠로는 불만이었지만 말이다.

“후, 후후훗……! 좋아! 최고야, 무쿠로! 처음에는 걱정이 됐지만, 너를 받아들인 건 나의 가장 큰 공적이야! 아하하하하하하핫!!”

코토리는 웃음을 터뜨렸다.

평소에는 사령관 모드라 고압적이지만, 시도를 위험한 상황에 몰아넣을 때마다 누구보다 갈등하는 이가 바로 그녀다.

그러니 리스크를 한없이 줄일 방법을 알게 된 코토리가 효율충 동료가 되는 것은 필연이었다. 비켜!! 우리는 중증 효율충 슈퍼 TAS 양이라고!!

“잘 들어, 무쿠로. 오늘까지의 네 성과는 전부 인정해. 하지만 나는, 이 이츠카 코토리만은, 오빠와 드라마틱한 전개 끝에 정령의 힘을 봉인 당하고 싶어.”

“흐음?”

“즉, 그 봉해주(시리어스 브레이커)를 쓰지 말라는 거야. 힘이 폭주하려 하면 어쩔 수 없지만, 쿠루미처럼 개그 시공에 처박히는 건 딱 질색이야.”

“흠.”

“아름다운 남매애 끝에 피날레를 맞이하고 싶은 이 소녀의 마음을 이해하지?”

“예스, 맴.”

“좋아! 그럼 준비가 끝났으니까, 나도 시도에게 공략당하고 올게!”

“〈미카엘〉.”

“무쿠로오오오오오오오오오오오오오오오오오오오오오?!”

코토리가 혼의 절규를 대가로 정령 공략은 반환점에 이르렀고, 또한 더욱 가속됐다.

“어디 계시죠~? 저도 관객 없이 노래를 부르다 보니 흥이 떨어지던 참이었어요.”

“〈미카엘〉!”

“꺄아?! 제 〈가브리엘〉이— 꺄아아아아앙! 귀여워어어어어어어어어어! 조그마하고 폭신해보이는 당신~! 제 허그 베개가 되어주세요, 우후후후후~!”

“으음?! 놔, 놔라! 뭐하는 게냐! 이러지 마—?!”

“도, 도망쳐, 무쿠로~?!”

미쿠가 힘을 봉인 당했는데도 번개같이 자신을 끌어안고 만져댄 탓에, 미쿠는 처음으로 고전하면서도 어찌어찌 승리를 거뒀고…….

“우후후, 신기한 일이네. 이쪽 세계에 **끌려왔을 때** AST 이외의 인간과 만나다n”

“〈미카엘~〉!”

“대사 정도까는 끝까지 읊게 해달란 말이야, 이 바보야아아아아아아아아아!”

미쿠와 싸울 때의 반성점을 살려 【방(放)(시플뢰르)】까지 쓴 오버킬로, 나츠미가 강캐 행세를 하기 전에 울려버렸고…….

“……오리가미, 너. 어째서— **정령이 된 것이냐**!”

“야토가미…… 토카. 그리고, **호시미야 무쿠로**. —내가, 쓰러뜨리겠어.”

“……이 결말(미래)은, 바꿀 수 없는 게냐.”

오리가미는 일시적으로 힘을 되찾은 토카 일행과, 사투를 벌였다.

무쿠로는 DEM의 개입을 전부 저지하면서, 절멸(絕滅)의 복음을 자아내는 빛의 폭풍에 맞섰다.

광휘와 검격, 석장의 처절한 응수는 시도가 몸을 날려 말릴 때까지 이어졌지만— 오리가미는 그 후로도 집요하게 토카 일행의 말살을 바랐다.

이 세상에는 오리가미를 『과거로 보낼 쿠루미』가 없다.

무쿠로의 개입에 의해, 그녀는 정령의 힘을 봉인 당했다.

무쿠로는 고뇌했다. 시간을 역행한 후로 처음이라 해도 과언이 아닐 만큼, 깊게 말이다.

오리가미를 구하기 위해서는 과거로 보내서 자신이 저지른 『진실(맹독)』과 마주하게 한 끝에, 그 절망을 극복하게 해야만 한다.

결론을 내린 무쿠로는, 사과했다.

혼자서 전부 구하겠다는 오만에 빠져 있었던 것을 부끄러워하며, 오리가미에게, 세상에, 그리고 시도에게 고개를 숙였다.

—오리가미를 『지옥』에 빠뜨려줬으면 한다.

—그리고 『지옥』에서 건져 올려서, 구원해줬으면 한다.

쿠루미의 힘을 봉인해서 〈자프키엘〉의 권능을 지니게 된 소년은, 힘차게 고개를 끄덕였다.

코토리와 다른 이들이 말리는데도 시간 역행에 필요한 영력을 무쿠로가 홀로 충당한 후, 소녀를 지옥에 빠뜨릴 【유드·베트】가 발사됐다. 그리고— 이츠카 시도는, 토비이치 오리가미를 구원했다.

어째서 자신이 『그』에게 끌리고, 미칠 듯이 갈구하게 된 것인가.

소녀와 입맞춤을 하는 소년을 바라보며, 그것을 떠올린 무쿠로는 어느새 미소 짓고 있었다.

◇

“쿠루미 양~, 오늘도 아름다울 뿐만 아니라 귀여워요~! 꼭~ 끌어안게 해주세요~!”

“미쿠 양, 더는 다가오지 마세요! 대체 당신은 몇 번을 말해야— 그러니까 끌어안지 말란 말이에요!”

시도의 집 옆에 세워진 정령 맨션.

그곳의 한 집은 오늘도 시끌벅적했다. 미쿠와 쿠루미는 몸싸움을 벌이고 있었고, 텔레비전 앞에서는 야마이 자매가 게임 대결 중이었으며, 요시노와 나츠미는 사이좋게 담소를 나누고 있었다.

무쿠로는 소파에 앉아서, 미쿠의 품에 안긴 **저** 쿠루미를 보며 「미안한 짓을 했구나」 하고 중얼거렸다. 개그 캐릭터로 정착시켜서 정말 미안하기 그지없었다. 진심이니라.

(무쿠가 과거에 온 지도, 벌써 **1년**이 넘은 건가…….)

여기까지 오느라 참 오래 걸린 듯한 느낌도 들지만, 한편으로는 순식간이었던 것 같은 느낌도 들었다.

눈 앞에 펼쳐진 평화로운 광경 탓인지, 무쿠로는 불가사의한 감회에 빠져들었다.

무쿠로가 예전에 경험한 『미래』와, 이 세상은 꽤 동떨어졌다.

쿠루미를 비롯해, 대부분의 정령은 봉인됐다.

토카도 반전하지 않았다.

『미래의 지식』을 살려, DEM에 엄청난 피해를 준 것이다. 우주에서도 지상을 공격할 수 있는 무쿠로의 〈미카엘〉이라면, 주요 시설만 파악해도 괴멸적인 타격을 손쉽게 안겨줄 수 있다(그도 그럴 것이 무쿠로는 **세상을 한 번 멸망시킨 적이 있다**). 세계 최강의 위저드인 엘렌 미라 메이저스와 아르테미시아 벨 애시크로프트는 확실히 성가시지만, 이제까지는 웨스트코트 측의 간섭을 최소한으로 억눌렀다. —본심을 말하자면 지금 당장 웨스트코트를 해치우고 싶지만……

놓치고 말았다.

(나리…… 무쿠는, 모두를 지켜내고 있는 걸까.)

답이 있을 리 없는 질문을, 멍하니 생각하고 말았다.

어쩌면 그것은 【유드·베트】를 위해 영력을 소비한 탓일지도 모른다.

요즘 들어 몸과 사고회로가 둔해져서, 이렇게 멍하니 있을 때가 늘어난 듯한 느낌이 들었다.

그런 생각을 하고 있을 때— 쩌적.

"……음?"

유리나 도자기 같은 것에 금이 가는 듯한, 그런 가벼운 소리가 들려왔다.

뭐가 깨졌나 싶어 주위를 둘러봤지만, 바닥에 떨어진 접시 같은 건 보이지 않았다.

고개를 갸웃거리고 있을 때, 등을 통해 부드러운 충격이 느껴졌다.

"무쿠로! 뭐 하고 있느냐!"

"토카……."

고개를 돌려보니, 환한 미소를 머금은 토카가 눈에 들어왔다.

시간을 역행하면서, 교우관계 또한 『미래의 세계』와 달라졌다.

눈앞의 토카는 무쿠로를 따르게 됐다. 처음에는 자기를 기습한 〈초전박살〉인 무쿠로를 경계했다. 하지만 무쿠로가 먹을 것으로 낚자— 아니, 여러모로 돌봐주자, 토카는 순진무구한 대형견처럼 그녀를 졸졸 따라다니는 경우가 늘어났다. 요시노를 비롯한 다른 이들도 토카 만큼은 아니지만 호의적이며, 나츠미는 약간 거북하게 여기는 것 같았다. 쿠루미한테는 미움받고 있다. 미쿠는 말할 필요도 없다.

코토리와는 다소 서로의 마음을 이해하게 됐다. 알고 지낸 기간이 긴 만큼 업무적으로도 사적으로도 자주 이야기를 나눴다. 요즘 고민은 가슴 크기 같았다.

레이네에 대해서는 잘 모르겠다.

코토리와 함께 식사를 같이하는 편이지만, 무쿠로를 지그시 관찰할 때가 있는 것 같았다.

"……아, 그저 다른 이들을 둘러보고 있었느니라."

"오오, 그랬느냐! 무쿠로는 우리를 지켜보고 있었구나!"

약간 지나친 발언이라 생각한 무쿠로는 쓴웃음을 머금으려 했지만…….

"실은 전부터 생각했다! 무쿠로는 우리의 언니 같다고 말이지!"

그 순순한 발언을 들은 순간, 무쿠로는 두 눈을 치켜떴다.

(언니…… 무쿠가…….)

생각조차 해본 적 없는 말이었기에, 무쿠로는 적지 않은 충격을 받았다.

그와 동시에, 참담한 마음이 치밀어올랐다.

시도와 만나기 전. 무쿠로는 그때도 한 가족을 망가뜨렸다. 『언니』라 부르며 따르던 이에게 괴물이란 소리를 들으며, 거부당했다.

그런 자신이, 『언니』와 같은 존재가 되다니…… 웃기지도 않는다.

자신은 그런 말을 들을 자격이 없다. 무쿠로는 실수만을 되풀이해왔다.

하지만 다른 이들 앞에서 그런 자조 섞인 모습을 보일 수는 없다. 숨겨야만 한다.

(……게다가…… 어째서일까. 왠지…… 가슴이 훈훈하구나…….)

무쿠로는, 이 『속죄의 여행』 중에…….

조금이지만, 아주 조금이지만, 용서받은 듯한 느낌이 들고 말았다.

마음속에 찾아온 수많은 감정을 들키고 싶지 않아서, 화제를 돌렸다.

"토카…… 그대는 오라버니를 좋아하느냐?"

"시도 말이냐? 음, 좋아한다!"

그 질문에, 토카는 해바라기처럼 환하게 웃었다.

"무쿠로도, 요시노들도 좋아한다! 쿠루미는…… 조금 어렵지만 말이지!"

토카는 정말 순진무구했다. 사랑스럽다는 느낌마저 들 정도였다.

한편, 그녀는 시도를 향한 마음이 다른 이를 마음과 다르다는 것을 눈치채지 못했다.

문뜩, 느닷없이…….

토카라면 괜찮다, 고 생각했다.

항상 자신들에게 온기를 나눠주는 그녀라면, 시도의 옆에 있어도 괜찮을 거라고 무쿠로는 생각했다.

"토카…… 그렇다면, 오라버니를 더욱 좋아하게 될 비책을 가르쳐주마."

"오오, 그런 게 있느냐?"

"음. 데이트를 하자고 하는 것이다. 정령을 공략하기 위해서가 아니라, 남자와 여자로서 만남을 가지거라."

토카는 영문을 모르겠다는 듯이 고개를 갸웃거렸다.

"남자와 여자? 만남……? 무쿠로들과 함께, 다 같이 데이트하면 안 되는 것이냐?"

"음. 토카와 오라버니…… 단둘이서, 데이트하거라. 그러면, 오라버니가 토카에 대해 더 많이 알아줄 것이니라. 그러면, 오라버니는 토카를 더욱 좋아하게 되겠지."

"정말이냐?"

토카가 마치 마법을 목격한 어린애처럼 눈을 동그랗게 뜨자, 무쿠로는 미소 지으며 고개를 끄덕였다.

"그리고, 그와 마찬가지로…… 오라버니를 알 수 있게 될 테지."

"시도를……?"

"음. 그 사람이 좋아하는 것과 싫어하는 것, 혹은 어떤 때 웃는지…… 아니면, 어떨 때 슬퍼하는지를 말이니라."

마지막 말은 과거의 물거품이 되어 덧없이 사라질 만큼, 작았다.

토카는 잠시 생각에 잠긴 후, 힘차게 자리에서 일어났다.
"알았다, 무쿠로! 시도에게 데이트를 신청해보마!"
"음."
"좋아하게 되는 건, 기쁜 일이니 말이다!"
토카가 환한 미소를 머금자, 무쿠로는 한 번 더 미소 지으면서 소녀의 부드러운 볼을 양손으로 주물렀다. 눈을 감으며 간지러워한 토카는 속전속결이라는 듯이 「그럼 다녀오겠다!」 하며 방을 뛰쳐나갔다.
무쿠로는 언니 같은 눈길로 그 뒷모습을 지켜봤다.
가슴의 욱신거림을 눈치채지 못한 척하면서…….
이윽고 그녀 또한 자리에서 일어나더니, 집으로 향했다.

지금의 무쿠로는 『미래의 세상』과 다르게, 정령 맨션에서 살고 있지 않았다.
정령의 힘을 온전히 지닌 그녀는 감시를 겸해 〈라타토스크〉의 시설 안에서 생활이 의무화되어 있다. 밤하늘 아래에서, 홀로 한적한 주택가를 걷고 있었다.
"어느새 꽤 추워졌구나……."
과거로 돌아오고 맞이하는 두 번째 겨울이 찾아오고 있었다.
올해는 작년보다 더 추운 것 같은 느낌이 들었다.
무쿠로는 장갑을 끼지 않은 양손에 입김을 불면서 생각했다.

(무쿠가 아는 정보에 따르면, 다음 정령은 니아이니라. DEM에 잡혀 있었댔으니, 빨리 구출해주고 싶구나…….)

무쿠로는 이제까지 DEM의 시설을 습격해왔지만, 니아가 있는 곳만큼은 알아내지 못했다.

가장 중요한 존재인 정령인 만큼, 더미 시설을 섞으며 엄중히 숨기고 있다. 네릴 섬 기습도 소득이 없었다. 웨스트코트의 의도를 느낀 무쿠로는 안타까움에 사로잡혔다.

"그리고…… 그게 끝나면……."

무쿠로는 고개를 들었다.

그녀의 눈동자가 응시하는 건, 혹심하단 말이 어울리는 겨울 하늘 너머의 우주다.

『또 한 명의 자신』이 잠들어 있는, 별바다.

(무쿠는 **이방인**…… 원래 『또 한 명의 무쿠』가 있어야 할 자리에 눌러앉았을 뿐이니라……. 그럼 『또 한 명의 무쿠』의 존재가 알려져서, 공략할 때는…….)

시간을 거슬러 오면서, 이 세상에는 『두 명의 무쿠로』가 존재하게 됐다.

니아의 힘이 누구의 손에도 넘어가지 않는다면, 우주에서 고독히 잠들어 있는 〈조디악〉의 존재는 누구도 알아낼 수 없다. 그러니 무쿠로는 그 점을 이용해 『또 한 명의 무쿠로』 행세를 하는 도둑고양이이자, 가짜(팬텀)다.

『호시미야 무쿠로』의 폭주야말로 세상을 멸망시키는 원인이다. 무쿠로는 그렇게 믿기에, 코앞까지 다가온 미래를 떠올리며 걸음을 멈추고 찬란한 하늘을 올려다봤다.

"무쿠로!"

"아!"

바로 그때였다.

항상 무쿠로의 심장을 떨리게 하는 소년의 목소리가, 등 뒤에서 들려왔다.

"……오라버니? 무슨 일인 게냐?"

"방에서 무쿠로가 보여서…… 지금 지하 시설(집)로 돌아가는 길이지? 바래다줄게."

"……참으로 우스운 소리구나. 오라버니보다, 무쿠가 더 강하지 않느냐."

"윽?! 그, 그건……."

자기야말로 보호받는 처지라는 것을 완곡하게 지적당하자, 머플러를 두른 시도는 숨을 삼켰다. 무쿠로는 이러면 안 된다고 생각하면서도 웃음을 흘리고 말았다.

무쿠로는 이제까지, 가능한 한 시도와 거리를 뒀다.

대화는 나누지만, 그것도 최소한으로 줄이려고 노력했다.

자신에게는 시도와 친하게 지낼 자격이 없다고 여기며, 자제해왔다.

"그, 그것보다! 혹시 무쿠로가 토카에게 무슨 말 했어?"

"흠, 그게 무슨 소리지?"

억지로 화제를 돌리려 하는 시도에게서 돌아선 무쿠로는 다시 걸음을 옮겼다.

시도는 당연한 듯이 따라왔다.

"갑자기 데이트하자더니, 나에 대해 더 알고 싶다고 해서…… 좀 당황했어."

"흠, 싫은 것이냐?"

"시, 싫은 건 아니지만……."

"그럼 잘된 일이 않느니라. 무쿠는 토카가 오라버니와 더 친해지고 싶어 하는 것 같아서, 조언을 해줬을 뿐이니라."

"……정말이야?"

"당연하지 않느냐."

시치미를 떼며 그렇게 말하는 무쿠로의 등에, 항의의 의미가 어린 시선이 꽂혔다.

그 후로 약간 앞에서 걷는 무쿠로와, 그 뒤를 따르는 시도 사이에서 두서없는 대화가 오갔다.

무쿠로는 이 시간을 끝내고 싶었지만, 시도가 그것을 허락하지 않았다. 평소에는 수동적이지만, 이럴 때만은 적극적이었다. 그리고 무쿠로 또한, 그것을 딱 잘라 거절하지 못했다.

한심하다는 생각이 들었다. 하지만 그런 생각과 달리, 입가에는 자연스레 미소가 어렸다.

"저기…… 무쿠로."

느닷없이…….

시도는 어조를 바꾸면서, 질문을 던졌다.

"왜, 처음 만났을 때 울고 있었던 거야?"

무쿠로는 발을, 그리고 호흡을 멈췄다.

"무쿠로는 항상 그런 일 없었다는 듯한 표정이어서, 이제까지 못 물어봤지만……."

"…………."

"그때, 갑자기 나를 끌어안았잖아……. 그리고 나를, 『나리』라고……."

머릿속에 한순간 공백이 생겨난 후, 무쿠로는 소년에게 등을 보이며 선 채로 눈을 내리깔았다.

이 사태를 예상하지 못했던 것은 아니다. 이제까지 전혀 언급하지 않은 게 오히려 이상했다.

무쿠로는 농담하는 투로 변명을 하려 했다.

하지만 지금의 시도가 그런 얼버무림에 넘어가지 않으리라는 것을, 알고 말았다.

"…………오라버니가, 무쿠의 소중한 분과………… 너무 닮아서 그런 것이니라."

그래서, 뒤를 돌아본 무쿠로는 보물을 잃은 어린아이처럼 웃었다.

"그래서 오라버니를 보고 감격이 북받친 나머지, 끌어안고…… 울고 만 게다."

"…………."

"그때는, 미안했다. 오늘까지 오라버니를 피하며, 이유를 설명하지 않은 것도…… 사과하마."

무쿠로가 사과하자, 말없이 듣고 있던 시도는 「……아냐」 하며 고개를 저었다.

"……지금, 그 사람은……."

"이제, 없느니라. 무쿠는, 만날 수도 없지."

"……데이트를 도와준 건, 나와 그 사람을 겹쳐봐서야?"

"아니, 라고 말하면…… 거짓말이 될 것이니라."

시도는 질문을 이어갔다. 그리고 무쿠로의 눈동자에서 시선을 떼지 않았다.

"……좋아했어?"

마지막으로, 조용한 목소리로 물었다.

"음…… 사모했느니라. 그리고…… 무쿠를 누구보다도 사랑해주기를 바랐지."

무쿠로는 역시, 웃었다.

지금 자신이 어떤 미소를 짓고 있는지도 이해하지 못한 채, 웃었다.

두 사람 사이에서, 눈이 내릴 것만 같았다.

그런 생각이 들 만큼, 무쿠로의 몸은 차가워졌다.

소년은 입을 다물었다. 소녀의 마음이, 눈에 파묻혀 사라질 것만 같을 정도로 멀다는 것을 올바르게 이해한 것처럼…….

하지만, 시도는…….

그래서, 시도는…….

두 사람 사이의 눈도, 소녀의 추위도 용납하지 않겠다는 듯이 다가갔다.

“저기, 무쿠로. 데이트 안 할래?”

시도는 머플러를 풀어서 무쿠로의 목에 감아주며, 그렇게 말했다.

“뭐……?”

“나와 너, 단 둘이 말이야.”

“무, 무쿠와……?”

“그래. 이래 봬도 다른 애들 덕분에 꽤 단련이 됐거든. 반드시, 무쿠로를 즐겁게 해줄게.”

“왜, 왜냐……. 어째서, 그런 소리를…….”

무쿠로가 심하게 당황하자, 시도는 『기억 속의 그』와 똑같은 표정으로 중얼거렸다.

“그게, 무쿠로가 지금 괴로워 보이는걸.”

무쿠로의 눈동자가 떨렸다. 차갑게 식었던 가슴이, 갑자기 괴로워졌다.

하지만 그것은 고통이 아니었다. 눈앞의 소년에게 빨려 들어가 녹아서 사라져버릴 듯한, 그런 안타까운 떨림이었다.

무쿠로는 급하게 고개를 숙였다. 그리고 양손을 내밀었다.

시도의 가슴을 어린애처럼 밀어내서, 거리를 벌렸다.

지금은, 눈이 내려줄 것 같지 않았다.

"……토카에게 데이트 신청을 받아놓고, 무쿠에게도 꼬리를 치는 게냐?"

"으윽……?! 그, 그건……!"

"즉 토카를 버리고, 무쿠와 이런저런 짓을 하겠다는 게구나?"

"남들이 듣고 오해할 소리 좀 하지 마! 토, 토카도 소홀히 할 생각은 없어!"

무쿠로는 고개를 숙인 채, 필사적으로 감정을 컨트롤했다. 가슴과 볼이 열기를 머금지 않도록 억누른 후, 시도가 동요한 틈을 이용해 겨우겨우 심술궂은 미소를 억지로 입가에 머금었다.

"오라버니는 죄 많은 분이구나. 몬스터급 색마니라."

"사회적으로 말살당할 법한 별명 좀 붙이지 마!"

완전히 표정을 관리하며 고개를 든 무쿠로는 이번에도 역시 웃었다.

하지만 그것은 추위나 비통함이 어리지 않은, 한송이 꽃 같은 미소였다.

"……데이트 신청을 받은 건, 영광이니라. 하지만, 역시 토카와 데이트를 하거라."

"무쿠로……."

"그 대신…… 이 머플러를 무쿠가 가져도 되겠느냐?"

"뭐? 아, 응……. 그런 거라면 얼마든지……."

시도가 어색하게 고개를 끄덕이자, 무쿠로는 눈을 감았다.

"기쁘구나……. 고맙다."

그 말에는 진심이 담겨 있었다.

목을 감싸는 온기에 얼굴을 맡긴 무쿠로는 가슴을 감싸 안았다.

"무쿠는, 이걸로 충분하니라."

"……."

"여기서부터는 혼자 돌아가마. 그러니 오라버니…… 이쯤에서 작별하자꾸나."

무쿠로는 그렇게 말하더니, 돌아섰다. 상냥한 말로, 반론을 허락하지 않았다.

그것도 그럴 것이, 무쿠로는 약하다. 더 같이 있었다간, 더 많은 것을 바랄 것이다.

시도의 상냥함에 빠져들기 전에, 머플러를 가는 손가락으로 몇 번이나 만지작거리며, 새로운 보물을 받은 어린아이처럼 돌아갔다.

"……토카들과는 몇 번이나 했는데……."

소녀의 조그마한 등이 시야에서 사라지자, 시도는 혼자 중얼거렸다.

"나, 무쿠로와는 데이트한 적이 없어……."

이츠카 시도에게, 호시미야 무쿠로는 불가사의한 소녀였다.

첫 만남부터 강렬했고, 그 후로도 무슨 생각을 하는지 알 수 없는 표정으로 자신과 주위를 휘둘러댔다. 그녀는 대단하고, 강하다. 그것만은 틀림없을 정도로, 무쿠로는 다른 정령들과 달랐다. 그리고, 항상 남들을 위해 행동하는 여자애였다.

『오라버니…… 쿠루미와 마나 때문에 고민하는 게냐?』

쿠루미와의 데이트 때. 평소 같으면 즉시 정령의 힘을 봉인했을 무쿠로도 그녀에게는 세심한 주의를 기울였다. 필연적으로, 시도는 쿠루미를 둘러싼 어둠을 몇 번이나 접했다.

인간을 죽인 정령, 그리고 그런 정령을 사냥해 죽이는 마나.

시도가 깊은 고뇌에 사로잡혀 있을 때, 무쿠로가 그에게 다가왔다.

『원래라면, 토카의 역할이었을 터인데…….』

잘 들리지 않는 목소리로 뭔가를 중얼거린 그녀는 시도의 머리를 쓰다듬어줬다.

『오라버니, 두려워해도 된다. 도망쳐도 되느니라.』

『뭐……?』

『무쿠가 어떻게든 하마. 쿠루미도, 마나도, 오라버니도…… 무쿠가 지켜내겠노라.』

어머니처럼, 언니처럼, 사랑에 빠진 소녀처럼 이츠카 시도를 지키려 하는 호시미야 무쿠로에게서, 시도는 도망칠 수 없었다.

생각해보면 그때부터, 시도는 무쿠로를 항상 쳐다보게 됐다.

"나는 무쿠로에 대해, 아무것도 몰라…………. 하지만……."

결정타는, 오리가미가 정령화했을 때였다.

그때, 무쿠로는 처음으로 시도에게 의지했다.

—5년 전, 오리가미는『어떤 일』을 저지르고 말았다. 그녀에게 그것을 보여주기 위해, 【유드·베트】로 그녀를『지옥』에 떨어뜨려 줬으면 한다.

어째서 무쿠로가 그 사실을 알고 있는지, 시도는 그녀에게 묻지 않았다.

중요한 것은 금방이라도 울음을 터뜨릴 듯한 표정으로, 누구보다도 오리가미의 구원을 바라던, 소녀의 마음이었다.

"하지만…… 그 녀석도, 지켜주고 싶단 말이야."

어찌 보면 당연했다.

누구보다도 싸우고, 누구보다도 상처 입었으며, 누구보다도 모두의 행복을 바라는 호시미야 무쿠로의 버팀목이 되고 싶다는 생각을 하는 건…….

이츠카 시도는, 호시미야 무쿠로를—.

◇

12월에 접어들면서, 시도와 토카는 자주 데이트하게 됐다.

여자에게 쉽게 휘둘리는 전형적인 일본인 보이 시도와, 자신의 조언을 듣고 마구 밀어붙이는 토카를 본 무쿠로는 엄지를 치켜들었다. 하지만 다른 정령들의 불만과 개입 또한 격화됐다(특히 오리가미).

그리고 발발한 〈피의 크리스마스〉 아니, 〈이츠카 디재스터〉.

영력이 폭주한 시도의 무작위 여성 공략 사건에서는 무쿠로가 주로 타깃이 되었고, 『무쿠로의 그런 모습은 처음 봤다』며 〈프락시너스〉 승무원들 사이에 전설이 될 정도의 핀치를 맞이했다. 무쿠로는 지칠 대로 지쳤을 뿐만 아니라, 한동안 수치심에 시달릴 정도로 엉망이 됐다.

아무튼, 그 소동 와중에 〈자재A〉는 DEM의 손아귀에서 도망쳤다.

〈시스터〉의 공략— 예정되어 있던 운명처럼 **붕괴의 서곡**이 시작됐다.

『진짜로 병원에 가지 않아도 괜찮겠어요?』

『아~, 괜찮아~. 딱히 병에 걸린 건 아니거든.』

시도와 연상의 여성— 혼죠 니아가 대화를 나누고 있다.

무쿠로는 그 모습을 〈라타토스크〉의 자율형 카메라로 몰래 감시하고 있었다.

"나타났구나, 니아……."

이 니아와의 만남은 필연이다. 전지(全知)의 천사 〈섭고편질(囁告篇帙)(라지엘)〉의 힘으로 그녀는 시도에게 흥미를 가졌고, 우연을 가장해 접촉한 것이다.

(크리스마스 다음 날, 나리가 귀가할 때를 노린다……『미래의 니아』가 말한 대로이니라. 〈라지엘〉은 어찌 보면 가장 성가신 〈천사〉지. 일격에 해치워야만 할 게야.)

니아 본인은 전투 능력이 낮지만, 무쿠로는 절대 방심하지 않았다.

이제까지처럼 공간에 『문』을 만들고, 니아의 배후로 이동하려던 순간—.

『어이쿠, **예상보다 위험하네**~. 실은 소년과의 대화를 더 즐기고 싶었지만, 어쩔 수 없겠어……. 그럼 〈신위영장 2번〉.』

“『윽?!』”

니아가 갑자기 영장을 두르자, 카메라 너머의 시도와 무쿠로가 경악했다.

니아는 시도와 거리를 벌리더니, 〈라지엘〉을 불러내서 펼쳤다.

『**저기. 너, 보고 있지**? 나오는 게 어때? 나는 정령 중에서 약한 편이라고 생각하지만, 미리 예상한 기습 정도는 막아낼 수 있거든?』

니아가 자율형 카메라를 올려다보며 딱 잘라서 그렇게 말하자, 무쿠로는 모든 것을 깨닫고 체념했다.

『문』을 통해 시도의 옆에 나타난 무쿠로는 니아와 대치했다.

“무쿠로?! 우리를 감시하고 있었어?! 하, 하지만, 어떻게 무쿠로를…….”

“에헤헤, 이 〈라지엘〉은 모든 것을 내다보는 전지의 천사야. 소년에 대해서도, 꽤나 악랄한 짓을 벌이고 있는 저 정령 양에 대해서도 전~부 검색 완료했거든~.”

시도가 당황한 가운데, 니아는 의기양양한 표정을 지었다.

『미래의 니아』와 마찬가지로, 눈앞의 니아는 DEM의 수송기에서 자신을 구해준 시도와 접촉하기 위해 〈라지엘〉로 조사해봤으리라. 그리고 그 과정에서, 정령들의 힘을 봉인해온 무쿠로의 『이력』을 알았을 것이다. 그리고 자신을 초전박살(미카엘)이 노리리라는 것을 예견했으리라.

(확실히 무쿠의 기습을 미연에 막을 수 있는 건, 〈라지엘〉의 힘을 지닌 니아 뿐…… 방심했느니라.)

자신의 실수를 인정한 무쿠로는 방침을 전환하기 위해 머리를 굴렸다.

한편, 니아는 시도에게 자기소개와 트릭을 밝힌 후— 표정에서 미소를 지웠다.

“그럼…… 무쿠로 양, 이랬지?”

니아가 별명(무쿠찡)으로 자신을 부르지 않는다는 점에서 위화감을 느끼고만 무쿠로는, 눈치채는 것이 늦고 말았다.

저 보석(터키옥) 같은 눈동자에, 얼음점 이하의 냉기가 어렸다는 것을…….

"너는, 뭐야?"

마치 『괴물』과 마주한 것처럼, 얼음장 같은 목소리로 그렇게 물었다.

"……뭐?"

"너는 말이지? **버그가 걸렸어.**"

어째서 저런 표정으로, 저런 말을 하는 건지 이해 못 한 무쿠로는 시간이 정지된 것처럼 굳어버렸다.

그런 그녀를 개의치 않으며, 니아는 페이지를 펼친 〈라지엘〉을 보여줬다.

"봐. 내 〈라지엘〉로도 **너에 대한 표기만은 엉망진창이라 읽을 수 없어.**"

그녀의 말대로, 〈라지엘〉의 페이지는 전파 수신에 실패해 노이즈가 발생한 텔레비전처럼, 수많은 언어의 바다가 범람해서 소용돌이치고 있는, 그야말로 『버그 걸린』 상태였다.

그 순간, 무쿠로는 충격을 받았다.

〈라지엘〉은 **미래 이외의** 삼라만상을 전부 니아에게 알려준다.

즉 **미래**에서 온 무쿠로의 정보만은 〈라지엘〉로도 알 수 없다. 『미래의 무쿠로』를 해독한다는 것은, 『미래만은 내다볼 수 없다』는 권능 항목(룰)에 저촉되고 만다. 니아의 눈에는, 자신이 유일하게 알 수 없는 무쿠로가 『괴물(언노운)』처럼 보이리라.

"내가 아는 건, 네 이름. 그리고…… **무쿠로와 완전히 똑같은 『정령』이 지금도 우주에서 잠을 자고 있다는 것뿐이야.**"

무쿠로가 숨을 멈췄다.

"무쿠로와 똑같은 정령……? 그게 무슨 소리야……? 무슨 소리를 하는 거냐고!"

시도의 혼란이 극에 달했다.

"저기, 너는 뭐야? 지저인? 돌연변이?"

니아의 두 눈이 더욱 날카로워졌다.

저벅, 하며 지면이 흔들렸다. 니아에게서 조금이라도 멀어지려는 듯이 무쿠로의 두 발이 뒷걸음질 쳤다.

헉, 헉, 헉, 하고 혀를 내민 개의 울음소리 같은 소리가 꼴사납게 느껴질 만큼 시끄러웠다. 그게 과호흡에 빠진 자신의 폐가 자아낸 소리라는 것을 이해하는데, 무쿠로는 상당한 시간이 걸렸다.

얼굴에서 핏기가 사라지더니, 땀이 멎지 않았다. 시도가 옆에서 필사적으로 무슨 말을 하는 것 같지만, 알아들을 수 없었다. 마치 자신이 범한 『죄』가 백일하에 드러난 듯한 착각 탓에, 무쿠로의 목이 말라 들어갔다.

"아니면 삼류 영화에 나올 법한, 이 별의 법칙을 받아들이지 못하는 지구 밖의 침략자(에이리언)?"

니아의 추궁은 이어졌다.

그녀에게는 악의가 없다. 그저 자신의 권능으로도 조사할 수 없는 『괴물』에 대해 알기 위해, 심리적으로 흔들어서 정보를 얻어내려 하는 것뿐이다.

그리고, 열기를 지니지 못한 눈빛이 『미래의 니아』가 맞이한 **최후**와 겹쳐지면서—.

"너는, 우리 세계를 엉망진창으로 만들려고 온 거야?"

그 말이, 치명타였다.

『미래의 니아』가 과거의 니아의 얼굴을 빌려서, 무쿠로를 규탄하고 있다.

환상이 소녀의 죄책감을 양분 삼아, 저주의 말을 토했다.

—미래의(우리) 세상을 엉망진창으로 만든 걸로 모자라, 이 세상(우리)까지 망가뜨리려는 거야—?

"아…… 아아아아아아아아아아아아아아아아아아아아아아아아아아아아앗?!"

절규를 토했다.

무쿠로란 소녀를 구성하는 모든 요소에, 금이 갔다.

"무쿠로?! 무쿠로———!!"

사랑하는 소녀의 목소리조차, 멀게 느껴졌다.

온몸에서 힘이 빠지더니, 의식이 어둠에 삼켜지기 직전—

쩌적.

무언가에 금이 가는 듯한 『붕괴』의 소리가, 몸 내부에 울려 퍼졌다.

◇

—그렇게 된 거구나.

머릿속에서, 어디선가 들은 듯한 목소리가 울려 퍼졌다.

—말도 안 되기에 부정했지만, 역시 너는 미래에서 왔구나.

감탄한 듯한, 불쌍히 여기는 듯한…….

—나를 경계하지 않은 것을 보면, 미래의 나는 정체를 밝히지 않았던 걸까?

대체 누구냐, 하고 물어도 답해주지 않았다.

—소망을 이루지 못한 채, 절망하며 사라진 건가. 뭐, 상관없어. 나는 반드시 뜻을 이룰 거야.

여기는 어디냐, 하고 물었지만 답은 없었다.

—무쿠로, 네 운명은 **결정됐어**. 그러니 나는 돕지도, 궁지에 몰지도 않을 거야.

나는 진짜로 무쿠로인 게냐, 하고 물어도 답해주지 않았다.

—그러니, 하고 싶은 대로 해. 남은 **마지막 시간**을 써서 말이지.

불가사의한 목소리는 거기까지 말한 후, 어머니의 자비를 베풀 듯 끊겼다.

◇

"…………헉?!"

무쿠로는 눈을 떴다.

가장 먼저 눈에 들어온 것은 의무실 천장, 그 뒤를 이어 느껴진 것은 끝없는 갈증과 나른함이었다.

천천히 몸을 일으키려 했지만, 오랫동안 누워 있었던 것처럼 몸이 움직이지 않았다. 아까까지 진찰을 받고 있었던 흔적이 있는데, 레이네가 여기 있었던 걸까?

어찌어찌 침대에서 몸을 일으킨 무쿠로는 아무도 없는 방 안을 둘러보았다.

"여기는…… 〈라타토스크〉의 지하 시설?"

1년 넘게 지냈던 장소이기에, 금방 알아봤다.

그와 동시에, 정신을 잃기 직전의 기억이 되살아나면서 얼굴이 새파랗게 질렸다.

지금은 며칠이지? 얼마나 잠들어 있었지? 시도는? 다른 이들은?

무쿠로는 넘어질 뻔하면서도 방을 나섰다. 몸이 너무나도 무거웠다. 납덩이 같았다.

자기 몸이 맞는지 의심하면서, 벽을 짚으며 시설의 통로를 나아갔다.

그리고 스태프가 상주하고 있을 사령실에 도착했을 때—.

"이게 대체 어떻게 된 거야?!"

코토리의 초조한 목소리가, 문을 연 순간에 들려왔다.

무쿠로의 시야에, 거대한 모니터가 들어왔다.

그리고, 그 화면 중앙에서 태아처럼 몸을 동그랗게 말고 있는, **호시미야 무쿠로**.

"어째서, 어째서, 무쿠로가 두 명인 건데?! ……앗!"

흐트러진 모습으로 고함을 지르던 코토리가 등 뒤에 나타난 무쿠로의 존재를 눈치챘다.

튕기듯이 시이자키 히나코를 비롯한 승무원들이, 시도가, 토카가, 오리가미가, 요시노가, 쿠루미가, 카구야와 유즈루가, 미쿠가, 나츠미가 나츠미를 얼이 나간 눈길로 돌아보았다.

그 안에는 눈동자를 치켜뜬 니아도 있었다.

"……윽, DEM 재공격 개시! 조, 〈조디악〉, 응전합니다!"

콘솔을 조작하던 미노와 코즈에가 당혹감이 어린 목소리로 그렇게 외쳤다.

그 보고를 받은 무쿠로는 지금 상황을 이해하고 말았다.

자신은 니아와 접촉하고 오랫동안 혼수상태에 처해 있었다. 그 증거로 니아에게서는 힘이 거의 느껴지지 않았으며, 이미 세피라를 빼앗긴 상태다. 무쿠로가 싸우지 못한 탓에, 아마 미래의 역사대로 웨스트코트에게 〈신식편질(神蝕篇帙)(벨제붑)〉을 빼앗기고 만 것이다.

그리고 〈마왕〉은 전지의 힘으로 우주에서 잠자고 있는 〈진짜 호시미야(조디악) 무쿠로〉의 존재를 알았고, 이렇게 〈라타토스크〉 멤버에게도 알려졌다—.

"—아."

자신을 향한 수많은 눈동자.

거기에 깃든 것은 경악일까, 당혹일까, 혹은 의심일까. 자신을 꿰뚫는 눈길이란 이름의 창끝이, 지금의 무쿠로에게는 일전의 니아처럼 『괴물』을 쳐다보는 눈길처럼 느껴졌다.

"무…… 무쿠로……."

시도가 입을 열면서 한 걸음 내디딘 순간…….

정신의 균형이 무너진 무쿠로는 무심결에 그들에게서 돌아섰다.

“……윽! 무쿠로!”

사령실을 뛰쳐나와, 그대로 도망쳤다.

등 뒤에서 들려오는 시도와 다른 이들의 목소리를 떨쳐내며, 미로 같은 지하 시설을 정신없이 뛰었다.

들켰다. 들키고 말았다!

무쿠로의 『거짓말』이, 최악의 형태로……!

전부, 이제까지 진실을 이야기하지 않았던 무쿠로의 탓이다.

연명장치처럼, 언젠가 반드시 터질 시한폭탄을 멀리해온 결과가 바로 이것이다.

운 좋으면 전부 끝날 때까지 『또 하나의 무쿠로』의 존재를 숨기자는 얄팍한 자신의 의지에, 세상이 벌을 내린 것이다.

“하지만…….”

팔을 흔들고, 숨을 헐떡이며, 지하 시설을 뛰쳐나왔다.

“하지만……!”

눈동자에 눈물이 맺혔고, 넘쳐나오는 마음이 오열에 녹아들었다.

“조금만 더, 모두와 같이 있고 싶었느니라……!”

소녀의 고백을, 세상은 비웃지 않았다. 화내지 않았다. 경멸하지 않았다.

그저, 그 추억마저 전부 『이 세상의 호시미야 무쿠로』에게 돌려주라고, 조용히 고했다.

“으윽?!”

발을 헛디디며, 지면을 굴렀다.

무쿠로가 도착한 곳은 언덕 위의 공원이었다. 시도가 오리가미를 구하기 위해 데이트 막바지에 찾았던, 야경이 아름다운 장소이기도 했다. 지금은 밤의 장막이 드리워져 있었고, 맑은 한여름의 푸른 하늘이 펼쳐져 있을 뿐이었다.

"윽……? 이상해……. 다리가…… 몸이……."

무겁다. 여전히 격렬한 감정에 사로잡혀 있는 와중에도, 무쿠로는 육체에 문제가 생겼다는 것을 눈치챘다.

오랫동안 혼수상태였다는 것을 고려해도 이상했다.

마치 영력 그 자체를 잃어가는 듯한— 그렇게 생각한 직후, 쩌적!

그 『붕괴』를 알리는 소리가, 결정적일 정도로 **무쿠로의 왼팔**에서 들려왔다.

"앗……! 이, 이건……?!"

무쿠로는 허둥지둥 소매를 걷더니, 자신의 눈을 의심했다.

손목과 팔꿈치 사이의 부위에, 『금』이 생겨 있었다.

비유가 아니라, 팔이 유리로 되어 있는 것처럼, 거미줄 같은 금이 존재했다.

고통은 느껴지지 않았다. 피도 나지 않았다. 하지만 금이 간 부위에서 육체 일부가 가루로 변하더니, 지면에 흘러내리면서 바람에 흩날렸다. 자신의 몸에 일어난 비정상적인 사태를 본 무쿠로가 숨을 삼켰을 때…….

"—그렇게 된 거군요."

"……읏! 쿠, 루미……."

무쿠로를 쫓아온 쿠루미가 홀로 모습을 드러냈다.

"혹시나, 하고 전부터 생각했답니다. 그 정도로 압도적이었으니까요. 정령을 차례차례 공략하는 무쿠로 씨의 솜씨는…… 마치 『미래』를 알고 있는 것만 같았죠."

"윽……."

"하지만, 저는 『말도 안 된다』며 그 가능성을 부정했어요. 왜냐하면, 저 혹은 **다른 누군가**가 〈자프키엘〉의 힘으로 과거로 보냈을지라도…… 당신은 오랫동안, 이 세상에 머물렀으니까요."

1년 6개월.

무쿠로가 과거로 와서, 지낸 시간이다.

【유드·베트】는 조심하지 않으면 정령 한 명의 목숨을 소모하는 데다, 역행하려는 날짜와 머무는 시간에 따라 영력의 소비량이 폭발적으로 늘어난다.

1년 이상의 시간을 머물게 해줄 정도의 대량의 영력을 모을 수 있을 리 없다. 〈자프키엘〉을 누구보다 이해하고 있는 쿠루미이기에, 『말도 안 된다』는 결론을 내린 것이다.

"그야말로, **세상 전체를 희생하지 않는 한**…… 불가능하답니다."

쿠루미는 눈을 내리깔더니, 경악한 무쿠로를 향해 중얼거렸다.

"……결과적으로, 당신은 시간을 거슬러 올라왔어요. 그리고 당신을 과거로 보낸 인물은, 아마 상상을 초월하는 대가를 치러야만 했겠죠."

"그, 그게 무슨 소리인 게냐……?"

"억측이지만, 그 인물은 세상의 영맥을 이용해서 힘을 긁어모으지 않았나요? 온갖 영력을 뒤섞어서, 당신의 『시간제한』을 없애기 위해서 말이죠."

떠올렸다. 그 미래에서의, 단 둘뿐인 광경을…….

자신들 말고는 살아있는 이가 없는 세상에서, 만약 시도가 영력을 긁어모으려 했다면…….

폐인이나 다름없던 그 모습조차도 — 몸과 마음이 망가지고도 — 무쿠로를 위해 최선을 다했던 것이라면…….

"그 덕분에 무쿠로 양은 오늘까지, 당신에게 있어 이 『과거의 세상』에 머물 수가 있었답니다. 하지만 오리가미 양을 구하기 위해, 당신은 막대한 영력을 쓰고 말았죠."

"아!"

"그것도, 같은 【유드·베트】의 힘을 쓰기 위해서 말이에요. 이곳에 머물기만 하려면 충분했을 영력이 바닥나면서……지금, 『붕괴』의 징후가 드러나고 있어요."

쿠루미의 시선이 무쿠로의 금 간 팔을 꿰뚫었다.

확실히 기묘한 소리가 들려오기 시작한 것은 오리가미를

구원한 후부터였다.

무쿠로 본인이 눈치채지 못할 만큼 미세한 『금』이, 그때부터 몸에 생겨나고 있었다—?

"당신이 맞은 【유드·베트】는 저조차도 완전히 파악할 수 없을 만큼 미지수이자, 무모한 힘이에요. 원래라면 『기점』이 된 시공으로 돌아가서, 달라진 과거가 반영될 테죠. 하지만……."

말문이 막힌 무쿠로에게, 쿠루미는 〈자프키엘〉의 소유자로서의 견해를 밝혔다.

"모든 영력…… 『세상 그 자체』를 당신에게 장전한 것이라면, 찌꺼기만 남은 『미래의 세상』은 그대로 죽음을 맞이하는 게 도리겠죠. 당신과 『기점』을 잇는 『실(패스)』을…… 유지할 수는 없을 거랍니다."

『기점』이란, 시간 역행의 효과가 끊어지면 무쿠로가 되돌아가게 되는 『미래의 세상』이다.

『실』이란, 세상과의 유대 그 자체다.

"원래의 『기점』, 원래의 『좌표』로 돌아가지 못하게 된 당신은…… **소멸할 수밖에 없답니다.**"

"——윽?!"

그것은 우주복의 생명줄이 끊어진 것이나 다름없다.

돌아가야 할(스테이션) 장소와 연결된 선을 잃은 우주비행사가 맞이할 결말은, 어둠에 삼켜져 암흑 속의 부스러기가 되는 것이다.

"무쿠가…… 소멸해……?"

"네. 당신의 운명은, 이제 뒤집을 수 없답니다. ……몸의 상태로 볼 때, 남은 시간은 얼마 되지 않겠죠."

이 세상의 쿠루미는 이제까지, 무쿠로를 향해 원망 섞인 눈길을 보냈다.

하지만 지금, 그녀의 눈빛에 어린 것은 원망이나 적개심이 아니라, 『연민』이었다.

혹은, 아무것도 해줄 수 없는 자기 자신을 향한 분노일까.

"…………쿠루미."

"……윽! 시도 씨, 토카 양……."

"방금 그 말…… 사실이냐? 무쿠로가 미래에서 왔다는 소리 말이다! 무쿠로가, 사라질 거란 말은……?!"

얼음장 같은 목소리로 말한 이는 시도였다. 그리고, 언성을 높인 이는 토카였다.

언제부터 거기 있었던 건지는 모르겠지만, 모습을 드러낸 두 사람의 얼굴은 새하얗게 질려 있었다.

"무쿠로…… 너는, 진짜로……?!"

—벌을 받을 시간이다.

몸을 앞으로 쑥 내민 시도 앞에서, 무쿠로는 모든 것을 깨달았다.

파멸을 맞이한 몸도, 발각되고 만 거짓말과 진실도, 전부 털어놓으며 자신의 소행을 밝혀야 할 때가 온 것이다.

"…………그러하니라. 무쿠는, 미래에서 왔다."

"윽……?!"

"무쿠는, 원래 있던 세상을………… 멸망시키고 말았느니라."

시도와 토카의 경악이, 전율로 덧칠됐다.

"며, 멸망시켰다는 게, 무슨 소리야……?!"

"나리를…… 이츠카 시도를 **죽지 않게 하기 위해, 모든 것을 빼앗고, 파괴했느니라.**"

그것은, 어떤 이야기의 결말.

무쿠로가 걸어온 세상에서, 시도 일행은 **모든 정령을 봉인하고** DEM과의 최종 결전에 임했다. **웨스트코트의 책략에 의해**, 정체불명의 정령 **〈팬텀〉까지 휘말린 그 싸움은** 결과적으로 〈라타토스크〉의 승리로 끝났다. 하지만, 그 대가로 **쿠루미가 숨을 거뒀고**, 그 뿐만 아니라 **시도도 목숨을 잃을 수밖에 없는 상태에 처했다.**

죽음을 앞둔 시도 앞에서, 무쿠로는 **망가졌다.**

무쿠로(너)는 자신(나)이라고 말해줬던 시도가, 가족이 되어주겠다고 말했던 소년이 죽는다는 것을 안 순간, 분노와 슬픔에 사로잡혀 미쳐버린 무쿠로는 그를 살리기 위해 **다른 정령들의 살해를 결행했다.** 위저드와 관련이 있는 것들도 전부 습격했으며, 그렇게 긁어모은 영력을 빈사 상태인 시도에게 주입했다. 코토리 일행의 제지조차 들은 척하지 않으며, 세상을 엉망진창으로 만들었다.

결과적으로, 시도는 죽지 않았다. 아니, 죽지만 않았다.

그 후는 무쿠로가 경험한 후회대로였다.

모든 것은 단추를 잘못 채운 데서 비롯됐다.

시간을 조종하는 쿠루미가 죽지 않았다면, 〈팬텀〉이 DEM의 함정에 걸려들지만 않았다면, 시도가 죽음의 위기에 처하지 않았다면…… 좀 더 나은 『소소한 결말(굿 엔드)』을 맞이했을지도 모른다.

하지만 무쿠로의 세상이 맞이한 것은, 구제할 길 없는 『이 세상 전체의 파멸(배드 엔드)』이었다.

"그, 그…… 그런 일이……?!"

"전부, 무쿠 탓이니라. 무쿠는…… 추악한 괴물이다."

어느 세상이 맞이한 결말을 들은 시도 일행이 아무 말도 못 하고 있을 때, 몸을 일으킨 무쿠로는 자조했다.

바로 그때— 쩌적! 또 새로운 『금』이 무쿠로의 몸에 생겨났다.

"……쿠루미의 말은 사실 같구나. 이제 무쿠로에게는 힘이 남아 있지 않느니라."

"무쿠로……!"

"그러니…… 마지막으로 『매듭』을 지어야만 할게야."

고개를 든 무쿠로는 하늘을 올려다보더니, 남은 힘을 쥐어 짜내서 〈신위영장(엘로하)·6번〉를 걸쳤다.

깜짝 놀란 시도 일행에게, 무쿠로는 등을 보이며 섰다.

"또 한 명의 무쿠를…… 어떻게든 하마."

"무, 무모해! 그런 몸으론……!"

"그럴지라도, 해낼 것이니라. ……그녀는 지금, **분노했지**. 세상을 멸망시킨 무쿠와 마찬가지로, 자기 자신을 잃은 게야……."

손에 쥔 〈미카엘〉이, 옅은 빛을 뿜으며 맥박치듯 점멸했다.

마치 같은 종류의 〈천사〉와 공명하는 것만 같았다.

"기다려, 무쿠로! 내가, 우리가 어떻게든 하겠어! 그러니까……!"

목숨을 불태우려 하는 무쿠로의 등을 본 시도가 고통에 찬 표정으로 그녀를 불러세웠다.

시도는 직감하며, 이해하고 말았다. 『온몸에 금이 간』 무쿠로에게는 영력을 쏟아 붓더라도 전부 흘러나올 뿐, 그녀의 소멸을 막는 건 불가능하단 사실을…….

그것을 알면서도 자신을 지켜주려 하는 시도의 마음을 느낀 무쿠로는 앞 머리카락으로 눈가를 숨긴 채, 입가에 희미한 미소를 머금었다.

"그럼, 오라버니…… 무쿠의 부탁을 들어주겠느냐?"

"……읏! 그, 그래! 뭔데?!"

천천히 고개만 돌린 무쿠로가, 미소를 머금었다.

"나를, 구원하지 말아다오."

"——."

"또 한 명의 무쿠를, 구원해다오."

얼어붙은 시도에게, 무쿠로는 『작별 인사』를 건넸다.

"나에게 준 것, 나에게 주려고 한 것…… 전부 이 세상의 호시미야 무쿠로에게 줘서, 행복하게 만들어줬으면 한다."

역사가 달라진 세상에서, 시도 일행과 함께 살 수 있지 않을까.

그런 아련하고 달콤한 기대를 품은 적도 있다.

하지만, 무쿠로는 마음 한편으로 납득하고 있었다.

이것이, 세상을 한 번 멸망시킨 호시미야 무쿠로가 걸어야 할 말로이며, 치러야 할 대가다.

"머플러, 고맙다……. 무쿠의, 마지막 보물이니라."

『문』을 통해, 머플러를 꺼내서 목에 둘렀다.

얼이 나간 시도를 향해 미소 지으며, 무쿠로는 지면을 박찼다.

"무쿠로오오오오오오오오오오오오오!"

소년의 외침이 귓가에 울려 퍼지는 가운데, 눈동자에서 흘러내린 눈물이 바람을 타고 사라졌다.

◇

"…………."

우주로 향하는 무쿠로의 모습을, 시도는 그저 쳐다보고 있을 수밖에 없었다.

무쿠로는, 저 소녀는, 끝까지 시도를 『나리』라고 불러주지 않았다.

그녀가 사랑한 인물은 『이츠카 시도』와는 다른 사람이다. 그녀의 마음은 지금도 내리고 있는 눈에 파묻혀서, 더는 손길이 닿지 않았다.

『이츠카 시도』는, 그녀를 구원할 수 없다.

"어떻게 하면, 되는 거야…………. 어떻게 하면, 좋았던 거냐고…………."

눈물이 어린 듯한 중얼거림이, 입술 사이에서 흘러나왔다.

무쿠로의 운명은, 이제 뒤집을 수 없다. 시도가 할 수 있는 일이 없다고, 그녀는 상냥히 웃으며 말했다. 아무것도 하지 말아 달라고, 지금도 죄책감에 사로잡힌 그녀가 부탁한 것이다.

"대체, 어떻게 해야……!"

우두커니 서 있는 시도를, 쿠루미는 아무 말 없이 쳐다볼 뿐이었다.

그리고 토카는— 숙이고 있던 고개를, 힘차게 들었다.

"쫓아가라, 시도!"

"……뭐?"

"무쿠로를, 쫓아가란 말이다!"

토카는 시도의 두 어깨를 움켜쥐더니, 그의 눈앞에서 고함쳤다.

"멈추어 서선 안 된다! 망설이지 마라! 달려라! 무쿠로를 구원하러 가는 거다!"

"……하지만 나는, 그 녀석을 구원할 수가……. 무쿠로의 몸은, 이제 돌이킬 수 없는 지경에……."

소년의 약한 소리를, 소녀가 끊었다.

"시도는 아직, 무쿠로의 마음을 구원하지 못하지 않았느냐!"

"아!!"

시도의 눈동자가 치켜 떠졌다.

"무쿠로는 괴로워하고 있다! 지금 이 순간에도, 쭉 말이다! 무쿠로는 분명, 옛날의 나처럼 쓸쓸한 것이다! 지금도 추워서, 얼어붙어 있을 것이다!"

"토카……."

"시도도, 납득 못 했을 것이다!"

토카는 입술이 닿을락 말락 할 정도로 시도에게 얼굴을 가까이 가져가더니, 말을 이었다.

"나는, 시도를 잘 안다! 무쿠로가 가르쳐줬지! 시도와 데이트를 거듭하면서, 뭘 좋아하고 뭘 싫어하는지 알게 됐다!"

"아!"

"시도가 어떤 때 웃고, 어떤 때 슬퍼하는지! 나는 잔뜩 안다! 지금, 시도는 슬퍼하고 있어!"

토카는 계속 고함쳤다.

"자기 자신에게 거짓말을 하지 마라, 시도! 무쿠로를 쫓아가서, 안아주는 거다!"

자신의 마음을 떨쳐내고, 전부 뚜껑을 덮은 후, 목청껏 소녀의 등을 밀어줬다.

"안 그러면— 시도는 진심으로, 웃지 못 할 것이다!!"

그리고…….

소녀에게 등을 떠밀린 소년은—.

조용히, 주먹을 말아쥐었다.

"……땡큐, 토카."

눈동자에서 망설임이 사라졌다.

약한 소리가 잦아들자, 가슴 속에 봉해뒀던 마음만이 시도에게 있어 진짜가 됐다.

"나, 무쿠로를 좋아해."

"음!"

"나, 이렇게 헤어지는 건 싫어."

"그래!"

"그러니까, 무쿠로한테 가보겠어!"

시도는 달려갔다. 이 억지나 다름없는 마음을 관철하기 위해서…….

토카에게 고맙다는 말을 전하고, 뒤돌아보지 않으며, 한 소녀의 곁으로…….

"토카 양……."

시도가 사라진 후, 토카는 쭉 그 자리에 서 있었다.

등 뒤에 선 쿠루미의 시선을 받으며, 차가운 바람에 긴 머리카락이 흩날렸다.

“오오! 저기 좀 봐라, 쿠루미! 비가 내리는구나!”

“네?”

하늘은 맑았다.

구름 한 점 없는, 푸른 하늘이었다.

“이렇게 화창한데도, 비가 내리는구나!”

“……아!”

“음? 이상하구나. 비가 그치지를 않아.”

“………….”

“왜…… 어째서지?”

“토카, 양…….”

봄이 오려면 아직 먼 겨울 하늘은 너무나도 화창했고, 안타까울 만큼 아름다웠다.

“비가………… 비가………….”

◇

눈물소리가 들린 듯한 느낌이 들었다.

그것이 자신의 눈물인지, 다른 사람의 눈물인지는 알 수 없다.

그저 무쿠로는 그리운 칠흑색 바다로 돌아왔다.

한때는 자신의 기억을 봉인한 채 어둠의 요람에 안겨 잠들어 있던 그녀는, 눈앞에 펼쳐진 우주가 너무나도 고독하고 쓸쓸한 장소처럼 느껴졌다. 그와 동시에, 망각을 바란 『호시미야 무쿠로』를 상징하는 어둠 그 자체처럼도…….

"저기인가……!"

칠흑 같은 어둠 속에서, 섬광이 격렬하게 반짝였다.

또 한 명의 무쿠로와 DEM이 격렬하게 싸우는 전장으로, 무쿠로는 서둘러 향했다.

현재진행형으로 금이 가고 있는 몸 탓에 눈을 찡그리면서도, 몸에 채찍질하고 있을 때― 무수한 적이 몰려들었다.

"읏……! 잡졸 따위가……!"

DEM의 배에서 출격한 〈밴더 스내치〉였다.

예전 같으면 한 방에 해치울 수 있는 적이지만, 지금의 무쿠로에게는 위협적이었다. 영력은 풍전등화였고, 〈천사〉의 권능도 제대로 행사할 수 없다. 정확히는 그 힘을 사용한 순간, 무쿠로는 소멸의 위기에 처한다. 남은 최후의 힘은 또 한 명의 무쿠로를 위해 아껴둬야만 한다.

"크으으으……!"

〈밴더 스내치〉의 인정사정없는 파상 공격을 제대로 피하지 못한 무쿠로는 결국 공격을 받고 말았다. 어찌어찌 〈미카엘〉로 막아냈지만, 엄청난 숫자의 기계인형이 조소하듯 공격을 거듭하며 무쿠로의 숨통을 끊으려 했다.

하지만 무쿠로의 등 뒤에서 날아온 『눈부신 마력포』가, 그것을 저지했다.

"……앗! 저건……!"

순식간에 쓸려나간 〈밴더 스내치〉를 본 무쿠로는 뒤를 돌아보았다.

그녀의 눈동자에 비친 건, 아름다운 곡선을 자랑하는 한 척의 은색 배였다.

"〈프락시너스〉!"

『집속마력포 〈미스틸테인〉, 적 부대에 직격!』

『다음! 〈세계수의 잎(위그드 · 폴리움)〉, 1번부터 7번까지 지정 좌표로 사출, 테리터리 최대 전개!』

승무원과 코토리의 고함이 귀에 장착한 인터컴을 통해 노도처럼 들려왔다. 우아하고 장엄하게 떠 있는 〈프락시너스〉를 옆에서, 시도가 진공 상태인 우주를 단독으로 헤엄치고 있었다.

『시도! 주위 일대를 테리터리로 감쌌어! 우주에서도 자유롭게 움직일 수 있을 거야!』

"알았어, 코토리! 고마워!"

각오를 다진 시도를 맞이한 후, 코토리가 이끄는 〈프락시너스〉는 우주로 날아올랐다.

〈라타토스크〉의 지하 시설에서 출격한 최신예 공중함은

전투 구역에 도달하자마자, DEM의 함대와 격렬한 포격전을 펼쳤다.

『개량을 마친 이 〈프락시너스 EX(엑스 케르시오르)〉라면, DEM 녀석들 정도는 식은 죽 먹기야! ―하고 말하고 싶지만…….』

통신 너머에서 코토리가 한 말을 끊듯, 엄청난 마력포가 〈프락시너스〉를 덮쳤다.

『성가신 배를 상대해야만 할 것 같아! 무쿠로 쪽은 맡기겠어!』

테리터리에 의한 평행 이동으로 아슬아슬하게 그 마력포를 회피한 〈프락시너스〉는 그대로 적 고속 전투함과 함포 사격의 응수를 시작했다.

순식간에 포화의 꽃이 연쇄적으로 피어나자, 시도는 무심코 손으로 얼굴을 감쌌다.

"〈게티아〉……! 엘렌 메이저스냐!"

그뿐만이 아니다.

시도의 사각지대에서, 기계 갑옷을 걸친 금발 소녀가 순식간에 쇄도했다.

"시도!"

DEM의 위저드인 아르테미시아 애시크로프트의 기습을, 순식간에 끼어든 오리가미가 막아냈다. 창과 흡사한 형태를 지닌 레이저 스피어가, 레이저 블레이드를 튕겨냈다.

"오리가미……!"

"시도. 여기는 우리한테 맡기고, 가봐."

순백의 CR-유닛 〈브륀힐드〉, 그리고 그 위에 눈부신 한정 영장을 걸친 오리가미가 아르테미시아를 빈틈없이 주시하며 입을 열었다.

"나도…… 너와 무쿠로에게, 구원받았어."

화들짝 놀란 시도가 쳐다보자, 오리가미는 자신의 속내를 털어놓았다.

"진짜인지 가짜인지, 미래인지 과거인지…… 그런 건 상관없어. 그녀를 구원해줘."

이 상황과 어울리지 않는 마음이 가슴 속으로 밀려왔다. 무쿠로가 아무리 자신을 죄인이라 비난해도, 그녀가 구원한 소녀들은 이렇게 그녀를 도우려 하고 있다. 그들 사이에는 명백한 유대가 존재했다.

시도는 힘차게 고개를 끄덕이더니, 지면을 박차듯이 몸을 날렸다.

테리터리가 그를 전방으로 이동시켜주는 가운데, 격렬한 격돌의 여파가 시도의 등을 때렸다.

그리고…….

"늦었군, 이츠카 시도."

"……윽! 아이작 웨스트코트!"

우주의 어둠보다 더 깊은, 암흑의 화신 같은 남자와 대치했다.

“올 줄 알았어. 아니, 이 표현은 이상한가. **원래**, 내 쪽에서 엘리엇이 있는 〈라타토스크〉의 기지를 습격했어야 하니 말이야.”

“뭐……? 너 지금 무슨 소리를 하는 거야?!”

시도는 알지 못한다.

웨스트코트의 말대로, **원래라면** 그가 직접 부대를 이끌고 지하 시설을 습격할 예정이었다는 것을 말이다. 그렇게 되면 〈벨제붑〉의 【환서관(幻書館)】(아슈피리야)에 의해 방해를 받아서, 개량된 〈프락시너스 EX〉를 타고 즉시 우주로 나오지 못하는 미래가 펼쳐졌을 것이다.

이 세상이 맞이하지 않은 『본래의 IF』를, 시도가 알 리 없었다.

“하지만, 그것도 어쩔 수 없지. ……이렇게 유쾌한 〈마왕〉 강림 의식이 펼쳐지려 하는데, 내가 빠질 수야 없으니 말이야!”

쇼의 한 장면처럼 두 팔을 활짝 펼친 남자의 시선이 향한 곳에서는, 흉흉한 파동이 피어오르고 있었다.

언뜻 봐도 소름이 돋는 이 기운을 시도는 안다. —반전의 전조다.

그 출처는, 무쿠로다.

아니, 시도가 모르는 『또 한 명의 호시미야 무쿠로』.

“사사건건 우리를 방해했던 〈미카엘〉의 정령…… 그녀와 완전히 똑같은 존재가 우주에서 잠들어 있다는 걸 알았을 때는 웃음을 참을 수가 없었지. 모든 사태를 이해하는 것과 동시에, 마치 첫사랑을 깨달은 어린아이가 된 것처럼…… **장난**을 치고 싶어지더군."

〈벨제붑〉을 지닌 웨스트코트는 두 명의 무쿠로가 어떤 관계인지 바로 눈치챘을 것이다. 그렇기에 자기도 이 자리에 와서, 『또 한 명의 무쿠로』를 노린 것이다.

"만약, 같은 〈천사〉를 지닌 정령이 격돌한다면 어떻게 될까? 만약, 승리한 정령이 〈세피라〉를 삼켜서, **반전한다면**……?"

바로 그 순간, 이 남자의 각본대로 머플러를 두른 무쿠로가 또 한 명의 무쿠로의 곁에 도착했다.

"그 결과, 원래 존재할 수 없는— 최악의 〈마왕〉이 개선하지 않으려나?"

이 남자의 구역질나는 진의를 알게 된 순간, 시도는 온몸의 털이란 털이 전부 곤두섰다.

"웨스트코트, 이 자식!!"

"덤빌 건가, 이츠카 시도? 이 별의 바다에서 자웅을 결해 보자는 건가? 그것도 좋지."

폭발의 빛이 끊임없이 피어나고 있는 이 주위에서는 그야말로 결전이 펼쳐지고 있었다.

DEM, 아니, 웨스트코트는 총력을 동원해서 이 우주에서의 투쟁(배틀 오브 코스모스)에서 승리하려 했다.

"우리에게 있어서도, 미래의 정보를 지닌 호시미야 무쿠로는 가장 큰 위협이지. 결과가 어찌 되든 간에, 사랑스러운 그녀의 숨통만은 끊어야만 해.”

후회는 없다.

충돌은 피할 수 없다.

패배는, 허락되지 않는다.

“―〈오살공(산달폰)〉! 〈빙결괴뢰(자드키엘)〉, 〈각각제(자프키엘)〉, 〈구풍기사(라파엘)〉, 〈파군가희(가브리엘)〉, 〈위조마녀(하니엘)〉!!”

두 명의 『호시미야 무쿠로』를 지키기 위해, 자신에게 봉인된 모든 『반칙기』를 해방한 시도는 포효했다.

“비켜어어어어어어어어어어어어어어어어!!”

◇

마치, 검게 불타오르는 흉성(凶星) 같았다.

DEM의 함대와 백 대가 넘는 〈밴더 스내치〉를 악귀처럼 유린하는 『또 한 명의 자신』을 보자, 무쿠로는 그렇게 생각했다.

“〈미카엘〉―【시플뢰르】!”

비장의 카드를 쓴 또 한 명의 무쿠로는 무기물 상대로 살육을 자행하고 있었다.

분노의 정념에 사로잡힌 것처럼, 지금도 자신을 괴롭히는 『악몽』을 떨쳐내려는 것처럼…….

그리고 소녀는, 머플러를 두른 자신과 똑같은 존재를 보자마자 노호성을 질렀다.

"너냐! 너냐앗!! **구역질나는 몽마**를, 끝도 없이 무쿠에게 보여준 건……!"

"……그래. 너는, 아니, 그대는, 무쿠의 『기억』을 본 게냐."

자기 자신에게서 뿜어진 살의가 자신을 향하자, 무쿠로는 모든 것을 눈치채고 말았다.

또 한 명의 무쿠로는 과거에서 건너온 무쿠로의 체험을 『꿈』이라는 형태로 쭉 봐온 것이다.

그것은 원래 세상에서 무쿠로가 공략당했을 때, 시도와 서로의 기억을 공유했던 현상과 흡사했다. 〈미카엘〉을 통해 흘러들어온 기억이 뒤섞인 것처럼, 두 사람의 회선도 이어지면서 또 한 명의 무쿠로가 일방적으로 수신하고 있었던 것이다.

원인은 아마도, 서로의 〈미카엘〉일 것이다.

원래 하나만 존재해야 하는 〈천사〉가 공명하면서, 채널이 이어지고 말았다.

"감히 무쿠의 잠을 방해하다니……! 뭐가 유대냐! 뭐가 온기냐! 그딴 하찮은 것을 무쿠에게 보여주지 마라! 구역질이 난다! 신물이 나느니라!"

"……."

"—그럴 텐데! 하찮기 그지없을 텐데, 어째서 이렇게 무쿠의 가슴을 뒤흔드는 게지?! 무쿠는 자신에게 『자물쇠』를 채웠는데, 대체 왜냐!"

그것은 분명 슬픔과 분노에 찬 절규였다.

과거의 자신은 무쿠로가 가장 잘 이해하고 있다. 가족을 잃고, 아무것도 느끼지 못하는 고독한 껍질 안에 틀어박혀 있던 호시미야 무쿠로에게, 미래의 무쿠로가 이 1년 동안 쌓은 시도 일행과의 관계는 『맹독』 이외의 그 무엇도 아니었다.

아무리 기억과 감정을 봉인했더라도, 마음과 영혼이 삐걱거리며 비명을 질렀다.

소녀가 악몽에 시달리고 있을 때, 웨스트코트 일행이 그녀를 억지로 깨운 것이다.

그리고 이 폭발적인 비탄이야말로, 그녀의 반전을 초래하고 있다.

"전부, 무쿠의 탓인 게냐……."

우아하면서도 용맹한 영장에 붉은색의 금이 가더니, 혼돈을 구현한 듯한 색깔에 물들었다.

지금도 무의식적으로 흘리고 있는 소녀의 눈물이, 어둠 같은 칠흑으로 변모하고 있었다.

무쿠로의 『속죄의 여행』이— 시도 일행과 함께한 재생과 희망이 나날이— 또 한 명의 무쿠로에게 있어서의 『절망』이었던 것이다.

"요망한 것! 어째서 무쿠와 같은 〈미카엘〉을 가지고 있는 것이냐! 너는 누구냐! 너는 뭐냐! 이 요사한 것아!!"

증오와 분노, 비통함에 휩싸인 또 한 명의 무쿠로가 달려들었다.

후회와 한탄에 잠긴 무쿠로는, 거기에 응진했다.

일어날 리 없는, 같은 〈천사〉 간의 격돌이 펼쳐졌다.

한쪽은 검은 파동을 두른 길쭉한 미늘창, 다른 한쪽은 금이 가서 금방이라도 부서질 듯한 덧없는 석장.

두 열쇠는 상대를 멸하기 위해 포효했고, 상대의 구제를 바라며 전율했다.

일진일퇴의 공방은, 곧 균형이 깨졌다.

"하아아아아아아앗!"

"크으으으윽……?!"

머플러를 두른 무쿠로가 수평으로 휘두른 날카로운 일격을 막아내지 못하고 튕겨 났다.

무쿠로의 몸은 한계였다. 이미 한쪽 발의 끝은 산산이 부서졌고, 목까지도 금이 가 있었다. 이렇게 전투를 벌이는 것 자체가, 기적 같은 일이었다.

"〈미카엘〉—【해(解)(헤레스)】!"

권능조차 제대로 다루지 못하는 자기(무쿠로) 자신을, 또 한 명의 무쿠로는 필살의 일격으로 분해하려 했다.

"〈라파엘〉!"

"읏?!"

그것을, 우주에 생겨난 영력의 폭풍이 저지했다.

무쿠로가 깜짝 놀라며 그 폭풍에 날려가는 사이, 상처투성이인 시도가 머플러를 두른 소녀의 곁으로 다가갔다.

"무쿠로! 괜찮아?!"

"……오라버니. 역시, 그대도 왔느냐."

숨이 턱까지 찬 무쿠로는 안도와 슬픔이 뒤섞인 눈길을 시도에게 보냈다.

"DEM은……? 코토리들은, 어떻게 됐느냐……?"

"다들 무사해! 웨스트코트 일당을 쓰러뜨리지 못했지만, 요시노와 다른 애들에 도와준 덕분에……! 나만 여기까지 왔어!"

고개를 돌려보니, 백은색 전함 〈게티아〉는 검은 연기를 뿜으며 지구를 향해 추락하고 있었다. 그에 따라 지휘계통이 흐트러진 DEM의 함대를 〈프락시너스〉가 제압했고, 여분의 전력을 아르테미시아와 웨스트코트에게 투입했다. 빛줄기를 자아내며 스파크를 일으키고 있는 건 오리가미일까, 아니면 여기까지 쫓아와 준 토카 일행일까.

"……어째서………… 어째서냐…………. **무쿠와 같은 존재일 터인데**………… 어째서, 너마아아아아아아안……!!"

하지만 형세가 유리해지고 있다는 속단을 내리는 것은 허락되지 않았다.

다름 아닌, 또 한 명의 무쿠로에 의해서…….

"우— 아, 아, 아아아아아아아아아아—."

"이…… 이건……?!"

자신에게는 없는 머플러를, 시도와 동료들을, 금방이라도 울 듯한 눈길로 노려보던 무쿠로에게 가속적으로 이변이 일어났다.

손에 쥔 〈미카엘〉이 아지랑이처럼 흔들리더니, 소녀의 등 뒤에서는 거대한 열쇠 같은 윤곽이 어렴풋이 떠오르기 시작했다.

『시도, 큰일 났어! 이대로 있다간 진짜로 〈세피라〉가 반전할 거야!』

시도가 착용한 인터컴에서, 코토리의 초조한 목소리가 터져 나왔다.

반대로 웨스트코트 일행은 갈채를 보내듯, 이 공간에서 이탈하기 시작했다.

"하지만 힘을 봉인하고 싶어도, 나는 저 무쿠로와 말 한마디 나눈 적이 없어……! 호감을 가지고 있을 리가 없다고!"

『크……!』

시도가 그렇게 외치자, 코토리는 말문이 막힌 듯한 반응을 보였다.

〈프락시너스〉의 계기판도 잔혹한 수치를 표시하고 있으리라.

이대로 입맞춤을 해봤자, 봉인은 분명 실패하리라는 수치를…….

"…………."

그들의 대화를 듣고 있던 무쿠로가 눈을 감았다.

〈마왕〉의 탄생이 시시각각 다가오는 가운데, 이윽고 무쿠로는 결연하게 눈을 떴다.

"무쿠에게, 작전이 있느니라."

"……읏! 무쿠로, 정말이야?!"

"그래. 또 한 명의 무쿠는, 절망에 빠졌지. 자신에게 없는 것을 지닌 나(무쿠)를 보고 말이다. 그렇다면, 나(무쿠)의 마음, 생각, 기쁨…… 그 모든 것을 나눠주면 되느니라."

"뭐……?"

"아니, 그렇지 않나. 전부 **돌려주는 것이니라.**"

무쿠로가 그렇게 알아듣기 어려운 말을 하자, 시도는 순간적으로 맹렬한 불안감에 휩싸였다.

그리고 그 『우려』는, 그의 애원을 뿌리치며 현실이 됐다.

"이제부터, 무쿠가 또 한 명의 무쿠를 제압하마. 그 틈에, 〈미카엘〉로 꿰뚫어다오."

시도의, 코토리의, 통신을 들은 모든 정령의, 시간이 멈췄다.

"또 한 명의 무쿠가 봉인하고 있는 기억과 감정, 그리고 나(무쿠)의 마음을 해방해줬으면 하느니라."

"……싫어."

“실오라기 하나 걸치지 않은 마음을 포개서, 가르쳐주려는 것이니라. 저 무쿠에게도 있을 곳이 있다는 사실을 말이다.”

“……싫어!”

“지금의 나(무쿠)는 권능을 쓸 수 없다. 〈하니엘〉의 힘을 쓸 수 있는 오라버니만이…… 【라타이브】을 쓸 수 있느니라.”

“―싫어!!”

무쿠로가 흔들림 없는 목소리로 그렇게 말하자, 시도는 고함을 질렀다.

온갖 감정이 혼선을 일으킨 시도는 어린애처럼 칭얼거리며, 소녀가 바라는 『최후』를 거부했다.

“〈천사〉에 꿰뚫린 무쿠로는 어떻게 되는데?! 그런 몸에 열쇠(미카엘)를 꽂았다간―!”

시도가 따지듯이 다가오자…….

무쿠로는 목에 두른 머플러를 슬며시 풀었다.

“이제, 무쿠는 버틸 수 없느니라.”

“―으윽?!”

“보다시피…… 온몸에 『금』이 가고 말았다. 결국 빠르냐, 늦냐의 차이인 게지.”

무쿠로의 목은 이미 『금』으로 뒤덮여 있었다.

지금도 오른발이, 옆구리가, 아름다운 금빛 머리카락이 유리 파편이 되어 흩뿌려졌다.

쩌적, 하면서 볼에도 금이 간 소녀는 어색한 미소를 머금었다.

"〈미카엘〉의【세그바】는 별의 움직임마저 멎게 하지. 〈마왕〉이 되어버린다면, 진정으로 세상은 멸망하고 말게다."

"――."

"뒤처리를 맡겨서 정말 미안하구나……. 허나, 이건 전부 무쿠가 초래한 일이니라. 부디…… 이 몸과 함께 청산하게 해다오."

무쿠로는 잔혹할 정도로, 시도의 퇴로를 빼앗았다.

무쿠로는 제멋대로일 만큼, 자신의 사정만을 강요했다.

그리고, 그와 동시에…… 두 눈동자에서, 파편이 된 눈물이 흘러내렸다.

"부끄러운 줄 알면서도, 말하마. 오라버니…… 아니, **시도.**"

소녀는, 소년의 이름을 부르며…….

소녀는 소년의 눈동자를 응시하며…….

소녀는, 눈물어린 미소를 머금으며―.

"무쿠들을, 구원해다오."

―미련을 떨쳐내듯, 시도의 앞에서 몸을 날렸다.

"…………아아아…… 아아아아아아아아아앗…………!!"

목에서 망가진 라디오 같은 소리가 넘쳐 나왔다.

몸을 접고, 온몸을 끌어안으며, 넘쳐흐르는 격정의 격류를 견뎌냈다.

이건 말도 안 된다.

겨우 자신의 마음을 인정하고, 토카에게 등을 떠밀려, 여기까지 왔는데…….

조그마한 소원은 이뤄지지 않았고, 하찮은 억지도 관철하지 못한 채, 세상의 운명 같은 하찮은 것을 짊어지게 됐다.

시도가 원한 것은 저런 눈물 어린 미소가 아닌데―.

"시도!"

토카가 울면서 고함쳤다.

"시도 씨……!"

쿠루미가 호소했다.

"……신."

레이네가 중얼거렸다.

"―부탁이야, 오빠아아아아!"

코토리가 자리에 일어나며, 목청껏 외쳤다.

"무쿠로를 구원해줘!!"

이 세상에서, 소녀와 누구보다 오랜 시간을 함께해온 동생은, 넘쳐흐르는 눈물과 함께 결단을 내렸다.

이 세상에서, 소녀를 누구보다 지키고 싶어 했던 오빠는, 마지막으로 그것을 보았다.

지금도 별의 바다를 달리고 있는, 자신이 줬던 소녀의 보물(머플러)을…….

“—<u>오오오오오오오오오오오오오오오오오오오오오오오</u>!!”

눈물도, 격정도, 마음도, 전부 울부짖음으로 바꾸며, 소년은 몸을 날렸다.

“미안하구나…… 미안하다…… 잘못했어…….”

무쿠로는 우주를 나아가며, 하염없이 사과했다.

떨리는 목소리로, 또 한 명의 무쿠로에게, 수많은 동료에게, 자신이 상처입히고 만 소년에게 사과했다.

손발이 생명의 모래로 변해 무너져갔다.

마지막 순간까지 힘을 빌려줬던 〈천사〉가 먼저 작별을 고했다.

이윽고, 검은색과 붉은색으로 물든 또 한 명의 자신을 향해, 무쿠로는 뛰어들었다.

『아아아아아아아아아아아아아아아앗!』

마왕이 되려 하는 소녀의 포효가, 순수한 영력의 탄환이 되어 발사됐다.

빛의 포말이 몇 번이나 몸을 스치며 육체가 떨어져 나갔고, 한쪽 팔이 떨어나가면서 영장이 소멸하는 가운데, 미세한 틈을 가르며 겨우겨우 품속까지 뛰어들었다.

그리고, 또 한 명의 무쿠로를 끌어안았다.

『——.』

“괜찮아……. 괜찮아, 무쿠로…….”

얼마 남지 않은 힘으로, 상대를 힘껏 끌어안았다.

추억 속에서 살아있는 『언니』의 목소리를, 온기를, 또 한 명의 무쿠로에게 나눠줬다.

"그 사람이…… 너를…… 외톨이로, 만들지 않을 거야."

몸이 아무리 부서져도 불타거나 흘러내지 않았던 머플러가, 고리를 만들 듯 두 사람을 감쌌다.

그리고…….

"——오오오!!"

머리 위.

소녀들의 상공으로 이동한 소년이, 양손으로 쥔 〈천사〉의 이름을 외쳤다.

"〈하니엘〉—【천변만화경(千變萬化鏡)(칼리도스쿠페)】!"

눈 부신 빛을 뿜으며, 빗자루가 열쇠 형태의 석장으로 변했다.

소년의 마음이 담기고…….

소녀의 소망을 짊어지며…….

형태를 바꾼 〈천사〉는, 은색 활시위에 걸려 쏘아진 화살처럼, 아래쪽을 향해 발사됐다.

"우아아아아아아아아아아아아앗!"

눈물 어린 처절한 포효를 내지르며, 소년은 한 줄기 빛이 되어 돌진했다.

아아, 내려오고 있어.
내려오고 있어—.
바뀐 세상에서도, 무쿠로가 쭉 사랑해왔던 소년이—.

"무쿠로오오오오오오오오오오오오오오오오오오오오오오오오오오오오오오오오오!!"

다음 순간, 고함에 맞춰 내질러진 〈미카엘〉이 두 명의 무쿠로를 꿰뚫었다.
열린 기억과 감정, 해방된 마음.
두 영혼이 포개지고, 뒤섞이며, 빛을 뿜었다.
그리고, 또 한 명의 자신을 남겨둔 채, 『호시미야 무쿠로』는 무수한 파편이 되어 산산이 부서졌다.

◇

정신을 차리고 보니—.

새하얀 환상 속에 서 있었다.
끝없이 이어진 순백의 지평선. 은하의 바다를 연상케 하는 무수한 빛의 집합체.
분명 이곳은 우주의 어둠이 감도는 별의 틈새.

그러니 그것은 보잘것없는 기적이 자아낸, 최후의 시간이리라.

"—무쿠로."

자신을 부르는 목소리를 듣고, 고개를 돌렸다.

그러자 지옥에 떨어져도 결코 잊지 못할, 한 소년이 한참 떨어진 곳에 서 있었다.

그의 옆에는 자신과 같은 소녀가 눈을 감은 채 잠들어 있었다.

그 곁에는 머플러가 하나 있었다. 자신의 목을 확인해보니, 그에게 받은 보물이 없었다. 조금 아쉬운 느낌이 들지만, 어쩔 수 없다며 쓴웃음을 머금었다.

자신은 그것을 가지고 있을 수 없으니까…….

"……시도, 미안했느니라."

"……."

"그리고, 감사하마……. 무쿠들은 구원받았느니라."

"……."

"나는 구하지 않아도 된다고 말했다만…… 이 꼬락서니니라. 끝까지 꼴사납기 그지없구나."

마지막 시간은 웃으면서 끝내고 싶었다.

그래서 농담 투로 그렇게 말했다.

하지만 시도는 아무 말 없이 이쪽을 쳐다보기만 했다.

무쿠로는 눈을 내리깔며 쓸쓸한 미소를 머금었다.

또 한 명의 무쿠로는, 괜찮을 것이다. 무쿠로가 보고 느낀 것을 그녀와 공유했다. 세상은 결코 춥기만 한 곳이 아니라는 사실을 이제 안다. 자신처럼 실수를 범하지 않고, 소녀들이란 가족을 사랑할 수 있을 것이다.

호시미야 무쿠로가 세상을 멸망시키지 않는다는 것은, 무쿠로에게 있어서 하나의 골인 지점이다.

걱정도, 응어리도 남아 있지만…… 무쿠로의 『속죄의 여행』은 이제 끝난 것이다.

"저기, 무쿠로."

마지막에 와서 상처 입히고만 시도에게, 건넬 말을 찾고 있을 때였다.

그는 올곧은 눈동자로 응시하며 말했다.

"나, 너를 좋아해."

갑작스러운 그 고백에, 바보처럼 얼굴을 붉혔다.

눈을 몇 번이나 깜빡였고, 몸을 몇 번이나 흔들었으며, 고개를 푹 숙인 끝에…… 천천히 고개를 든 무쿠로의 얼굴에는 순수한 미소가 어려 있었다.

"기쁘구나, 시도."

"……."

"하지만 무쿠는…… 역시, 나리를 좋아하느니라."

최후의 순간까지 그를 상처 입히고 마는 자신에게 질리면서도, 무쿠로는 말을 이어갔다.

"무쿠는, 나쁜 여자이니라. 속죄의 여행, 이라고 여기면서도…… 어쩌면, 그저 나리의 마음을 헛되이 하고 싶지 않았을 뿐인지도 모르겠구나."

천상의 빛이, 마치 무쿠로의 마음을 비추는 거울처럼 다양한 정경을 비췄다.

"나리와의 유대를, 쭉 느끼고 싶었다…………. 나리에게, 칭찬받고 싶었느니라."

그런 광경 안에, 시도가 아닌 시도와 함께 웃고 있는 무쿠로의 모습이 비쳤다.

그 광경을 지그시 응시한 소년은—.

올려다보는 것을 관두며, 눈을 감았다.

"무쿠로, 내 말을 들어줘."

다시 눈을 뜬 순간, 자신의 속내를 털어놓았다.

"나는 태어나서 처음으로, **자기 자신을 질투하고 있어.**"

"뭐……?"

무쿠로가 움직임을 멈춘 가운데, 소년은 자신의 속내를 있는 그대로 털어놓았다.

"이츠카 시도는, 네 마음을 빼앗은 이츠카 시도를, 진심으로 질투해."

"——."

무쿠로가 눈을, 치켜떴다.

그런 두 눈에서, 조용히, 의도치 않은 눈물이 흘러내렸다.

"……무쿠도, 시도와 함께 지낼, 또 한 명의 무쿠가…… 부럽구나."

마지막 순간에는 울지 말자고 결심했지만, 그 맹세는 너무나도 간단히 깨졌다.

시도는 울면서 웃는 무쿠로를 향해 걸음을 옮기자, 그렇게 멀던 거리가 순식간에 좁혀졌다.

아— 하고 중얼거리는 무쿠로를, 마지막 억지를 이루려는 듯이 꼭 끌어안았다.

"무쿠로…… 약속할게. 나는, 절대로 죽지 않아."

두 사람이 처음으로 만났을 때.

그때 그 포옹의 답례라는 듯이 시도가 무쿠로를 끌어안자, 두 사람 사이의 빈틈이 사라졌다.

"토카들도, 또 한 명의 무쿠로도, 반드시 행복하게 해주겠어! 네가 우리를 위해 싸워온 것을, 결코 헛되이 하지 않을 거야!"

또 한 명의 시도와 경쟁하듯, 시도는 무쿠로를 **용서하고, 구원해줬다**.

괴롭고, 안타까워서, 또 한줄기의 눈물과 함께, 애절한 한숨을 토했다.

"**그러니까**! 다음은 네가 행복해질 차례야!"

"윽!"

"약속할게! 다음에 만나면, 꼭 데이트하자!"

무쿠로의 두 어깨에 손을 얹으며 몸을 뗀 시도가 눈물 어린 눈동자로 쳐다보며 미소 지었다.

억누를 수 없는 기쁨이 가슴을 가득 채웠다.

바람둥이, 하고 자기 자신을 비난한 무쿠로는 오열에 젖어 쉰 목소리로— 응, 하고 답하며…….

작게 고개를 끄덕였다.

기적이 끝났다.

두 사람의 시간이 끝을 맞이했다.

시도의 눈앞에서 빛의 파편이 되어 흩어져 가는 무쿠로가, 마지막 말과 함께 화사한 미소를 머금었다.

"고맙구나, 시도—."

의식이 옅어져 갔다.

새하얀 빛의 소용돌이에 삼켜지며, 모든 것이 표백되어갔다.

그리고, 마지막까지 남아 있던 자아가 사라지기 직전.

따뜻한 누군가(무언가)가, 한 줌의 의식을, 감싸 안았다.

—수고했어, 무쿠로.

◇

단풍이 춤추고 있다.

"…………어?"

평온한 햇살이 붉은색과 노란색 나뭇잎으로 된 융단을 비추며, 소소한 빛이 나무 사이로 스며들었다.

보행로 위에 선 무쿠로는, 얼이 나갔다.

소멸할 줄 알았던 의식이 새하얀 터널을 빠져나가자, 자신은 삼림욕을 즐길 수 있을 듯한 한적한 공원에 서 있었다.

"…………어, 어떻게………… 무쿠는, 또 과거에……?"

동요와 곤혹을 동시에 느낀 무쿠로는 주위를 둘러보았다.

가을 같지만, 약간 쌀쌀한 계절.

기억에 있는 듯하면서도, 어딘가 다른 경치.

여기는 텐구 시일까, 아니면 꿈이나 환상일까.

아무것도 모르는 무쿠로는 당황에 사로잡혀 있었지만, 곧 어떤 사실을 눈치챘다.

손발이 길다.

시점도 높아진 듯한 느낌이 들었다.

발치를 가리는 커다란 가슴은 여전하지만, 기억 속의 자신보다 성장한 듯한 느낌이 들었다. 입고 있는 것도 무쿠로가 입은 적 없는, 세련된 원피스였다.

무슨 일이 일어난 것인지 이해 못 한 무쿠로는 자랑거리인

긴 머리카락을 무심코 만지려다—. 계절에 걸맞지 않은『머플러』를 목에 두르고 있다는 것을, 눈치챘다.

"——!!"

그 순간, 빛이 몸 안을 휩쓸고 지나갔다.

뇌리에 떠오른 것은 자신이지만, 자신이 아닌 누군가의 기억이다.

DEM과의 결전, 정체를 밝히며 대치한 타카미야(레이네) 리오, 한 번은 소멸했지만 부활한 토카, 무쿠로와의 **약속**을 지킨 사랑스러운 소년—.

어깨에 걸친 작은 핸드백 안에 들어있는 핸드폰이 흘러내리더니, 지면에 떨어진 충격으로 화면이 표시됐다.

표시된 날짜는 9월 12일.

그것은 무쿠로가 아닌 무쿠로가『그』와 맺은— 생일날(약속)이다.

"윽!"

무쿠로는 반사적으로 핸드폰을 주워들더니, 어딘가로 달려갔다.

처음 과거로 건너온 그 날과 마찬가지로, 단 한 인물을 찾기 위해…….

숨이 찼다. 신발이 달리기 불편했다. 무슨 생각으로 나란 녀석은 이딴 불편한 힐을 무리해가며 신은 것이냐!

생각도, 기억도, 감정도 다 섞이면서,『그』가 기다리고 있을 약속 장소로 뛰어가자—.

"무쿠로."

이름을 불렀다.

누구보다도 사랑스러운 소년은, 청년이 되어 있었다.

하지만, 그 미소만은 변함이 없었다.

단풍 터널 안에서 기다리고 있던『이츠카 시도』를 발견하고 멈춰선 무쿠로는 눈물을 흘렸다.

"……나, 리? 아, 아니…… 시도?"

"둘 다야."

몇 번이나 말문이 막힌 무쿠로를 향해, 시도는 한 방 먹여줬다는 듯이 의기양양한, 그러면서 곤란한 듯이 보이기도 하는 그런 애매모호한 미소를 머금었다.

"전부, 기억해. 무쿠로에게【유드·베트】를 쏜 것도, 또 한 명의 무쿠로와 오늘까지 보낸 추억도…… 전부 말이야."

"어, 어째서냐?! 쿠, 쿠루미의 말이 진실이라면, 무쿠는 소멸했어야 할 터인데……!"

"그야【테트】덕분이지."

무쿠로의 의문에 한꺼번에 해결해주는『트릭 공개』를, 시도는 입에 담았다.

"무쿠로를 과거로 보낼 때,【유드·베트】말고도【테트】를 쐈다는 걸, 눈치 못 챘지?"

"……아!"

"【테트】는 다른 시간축에 있는 녀석과 의식을 이어줘. 무

쿠로가 소멸하지 않은 것도, 이 【테트】가 쿠루미가 말한 『실』 대신이 되어준 덕분이야.”

무쿠로는 떠올렸다.

단둘뿐인 세상에서, 〈자프키엘〉의 방아쇠를 당긴 순간, **포개져 들려온** 총성이 메아리치면서 자신의 의식이 새하얗게 물들었다는 것을……!

총탄은 한 발이 아니라, 『두 발』이었던 것이다.

사라질 운명이었던 무쿠로를 구원한 건, 시도와의 인연이었다.

“그, 그럼, 나리는……!”

“그래. 쭉 무쿠로의 안에서 보고 있었어. ……다 죽어가는 상태라서, 무쿠로에게 말을 걸지 못했을 뿐이야.”

시도가 멋쩍은 듯이 볼을 긁적이자, 무쿠로는 몇 번째인지 알 수 없는 경악에 사로잡혔다.

무쿠로를 과거로 보낸 후에도, 시도는 죽음을 맞이한 세상에서 홀로 견디며 기다리고 있었다.

무쿠로가 돌아올 수 있도록, 그에게 있어서는 영원이나 다름없는 시간을…….

“그렇게 질투했었는데, 정신 차리고 보니 같은 『이츠카 시도』가 되어 있지 뭐야. 마음이 복잡하달까, 마음이 갈 곳을 잃었다고나 할까………… 하지만, 무쿠로를 생각하는 마음은 두 배가 됐어. 아니, 그 이상일까?”

시도는 쓴웃음을 짓더니, 곳 온화한 미소를 머금었다.

볼을 붉힌 무쿠로 또한 시도와 같은 심정이었다.

『나리』를 사랑하던 무쿠로와, 『시도』에게 가족 이상의 마음을 품고 있던 무쿠로의 감정이 녹아들며 하나가 됐다. 『시도』는 무쿠로에게 품고 있던 연모의 정을, 또 한 명의 무쿠로에게로 돌리지 않으며 오늘까지 그 무엇보다 소중히 품고 있었다.

몇 번이나 고친 흔적이 있는 이 머플러가, 두 사람의 관계를 이야기해주는 가장 큰 증거였다.

"우선…… 어서 와, 무쿠로."

"으, 음! 다녀왔느니라, 나리—."

"그럼, 각오는 됐지? 무쿠로."

"—어? —으읍?!"

『나리』의 얼굴로 온화하게 계속 웃고 있나 했더니, 『시도』의 심술궂은 미소를 머금으며 무쿠로를 끌어안고 입술을 빼앗았다.

숨 쉬는 것조차 잊고만 무쿠로는 시도가 슬며시 입술을 떼자, 숨을 헐떡였다.

"약속을, 지켜줘야겠어."

"으, 음?"

"말했지? 다음에 만날 때는, 데이트하자고 말이야."

"아—."

시도는 볼을 살짝 붉히더니, 표정을 풀었다.

눈동자를 치켜뜬 무쿠로의 얼굴 또한 기쁨으로 가득 찼다.

소년은 자신의 왼손으로 소녀의 오른손을 잡더니, 함께 걸음을 옮기며 그 말을 입에 담았다.

"자— 우리의 행복(데이트)을 시작하자."

DATE A LIVE ANOTHER ROUTE

Girls side SHIORI
Author : Koushi Tachibana

시오리 걸즈 사이드

타치바나 코우시

"꺄아~! 지각이야, 지각~!"

아침. 이츠카 시오리는 사립 라타토스크 학원을 향해 서둘러 달려갔다.

나이는 열일곱 살. 미디엄롱 헤어를 네 잎 클로버 액세서리로 묶은, 약간 요리를 잘하는 편인 평범한 여자아이이다. 지금은 노릇노릇하게 구운 토스트를 입에 물고 있다.

몸에 걸친 블레이저의 가슴 포켓에는 『R』을 도안화한 마크가 달려 있었다. 라타토스크 학원의 문양이다. 라이젠? 처음 듣는 학교군요…….

"꺄앗!"

모퉁이를 돌았을 때, 시오리는 오른편에서 뛰쳐나온 누군가와 부딪쳤다. 입에 문 토스트가 플라이 어웨이하더니, 시오리 또한 균형을 잃으며 그 자리에서 넘어질 뻔했다.

하지만 그렇게 되지는 않았다.

시오리와 부딪친 사람이 그녀의 몸을 힘차게 안아 든 것이다.

“미안하다. 괜찮으냐. —으, 음? 누구인가 했더니 시오리구나.”

“어, 아— 토루……?”

시도리는 눈을 동그랗게 뜨며 고개를 들었다.

그렇다. 그 사람은 라타토스크 학원 검도부 주장이자 시오리의 클래스메이트인 야토가미 토루였다.

칠흑빛 머리카락과 수정 같은 눈동자가 인상적인 미남이다. 시오리보다 머리 하나 더 큰 키와, 근육질인 체구. 듬직하면서도 상냥한 얼굴. 교내에 팬클럽이 있다는 소문이다.

그러던 토루는 「응?」 하면서 얼굴을 들더니, 아까 시오리의 입에서 떨어진 토스트를 입으로 절묘하게 캐치했다. 그리고 그대로 우물우물 먹어 치웠다.

“음, 맛있다. 모처럼의 토스트를 헛되이 하지 않아 다행이구나. ……하지만, 방금 그건 뭐지? 토스트인데 콩고물빵 맛이 났다.”

“아…… 콩고물 페이스트를 발랐으니까…….”

“그게 뭐냐? 흥미롭구나. 자세하게 알려다오.”

토루는 그렇게 말하며 얼굴을 쑥 내밀었다. 잘생긴 남자의 안면이 다른 뜻 없이 시오리에게 엄습했다. 시오리는 무심코 볼을 붉히고 말았다.

"—뭐 하는 거냐, 토루."

바로 그때, 그런 목소리가 들려왔다.

고개를 돌려보니, 토루와 같은 교복을 입은 소년이 눈에 들어왔다. —라타토스크 학원 학생회장이자 시오리의 클래스메이트인 토비이치 오리온이다.

색소가 옅은 머리카락과 피부. 인형처럼 단정한 얼굴. 그런 부분이 호리호리한 체구와 합쳐지면서, 인형 같은 위험한 미모를 자아내고 있었다. 참고로 그에게도 팬클럽이 있다는 소문이다.

"아, 오리온. 그게, 시도와 부딪쳐서 말이다."

"그럼 계속 붙어 있을 필요는 없을 텐데? 빨리 떨어져."

오리온이 그렇게 말하면서 시오리의 손을 잡아당겼다. 시오리는 토루의 품에서 빠져나오더니, 이번에는 오리온의 손에 의해 담 쪽으로 몰려서 벽쿵을 당했다. 담이지만 엄연한 벽쿵이다.

"꺄앗?!"

"정말…… 무방비한 데도 정도가 있어. 위험천만해서 보고 있을 수가 없는걸……."

이번에는 오리가미가 얼굴을 내밀었다. 긴 속눈썹이 요염하게 흔들렸다.

"어, 어버버……."

“어이, 오리가미! 시오리에게 무슨 짓이냐!”

시오리가 얼굴을 새빨갛게 붉힌 채 허둥대자, 토루가 오리온의 어깨를 움켜잡았다.

“뭐 하는 거지? 함부로 만지지 마.”

“시끄럽군. 그리고 그건 내가 할 말이다. 시오리가 곤란해한단 말이다!”

평소처럼 두 사람이 다투기 시작했을 때, 그 뒤편에서 차 한 대가 끼익하는 소리를 내며 멈춰 섰다.

차체가 너무나도 긴 검은색 리무진이었다. 너무 길어서 앞부분이 보이지 않을 지경이다.

“—키히히, 히히. 어머나, 두 분 다 아침부터 기운이 넘치시는군요.”

차량의 창문이 열리더니, 안에 있던 인물이 인상적인 미소를 머금었다.

젖은 까마귀 깃털 같은 검은 머리카락과, 백자 같은 피부. 가늘고 긴 눈을 요사한 미소의 형태로 일그러뜨린 소년이다. 그런 소년의 왼쪽 눈은 의료용 안대에 감싸여 있었다.

“—쿄조!”

그 얼굴을 본 토루가 그렇게 외쳤다.

그렇다. 그의 이름은 토키사키 쿄조. 일본식 한자 표기는 쿠루미와 같지만, 쿠루미라고는 결단코 읽지는 않는다. 토키사키 재벌의 후계자이자, 시오리의 클래스메이트다. 참고로 그에게도 팬클럽이 있으며, 회원들은 전원이 고양이 귀 헤어밴드를 착용한다고 한다.

쿠루미는 즐거운 듯이 일그러진 한쪽 눈으로 시오리를 쳐다봤다.

"좋은 아침이군요, 시오리 양. 토루 씨와 오리온 씨는 다투느라 바쁜 것 같으니, 제가 학교까지 모셔다드리죠. 자, 타세요."

"뭐? 고…… 고마워……."

"—그래? 고맙다, 쿄조."

"—그럼 호의에 따르겠어."

시오리가 머뭇거리며 그렇게 말하자, 그 뒤를 잇듯이 토루와 오리온이 고개를 끄덕이며 리무진에 탔다.

그 모습을 본 쿄조가 질렸다는 듯이 어깨를 으쓱했다.

"하아, 정말. 당신들한테 한 말이 아닙니다만?"

"너무 그러지 마라. —음? 이건 뭐냐……. 차 안에 과자와 과일이……?"

"마침 잘 됐어. 아침을 아직 못 먹었거든."

"앗, 잠깐만요. 그건 시오리 양을 위해—."

이번에는 셋이서 시끌벅적하게 말다툼을 벌이기 시작했다.

시오리는 식은땀을 삐질삐질 흘리면서, 호의에 따라 쓴웃음을 머금으며 차량의 좌석에 앉았다.

슈퍼 롱 리무진에 타고 몇 분 후.

시오리 일행은 사립 라타토스크 학원에 도착했다.

아까까지만 해도 시오리는 지각 걱정을 했지만, 차로 이동한 덕분에 등교 시간이 대폭 단축됐다. 운전사(고양이귀)에게 인사를 한 후, 차에서 내렸다.

그러자, 누군가가 그 순간을 기다린 것처럼 시오리에게 말을 건넸다.

"—아, 누나. 내가 출발했을 때는 아직 집에 있었는데~!"

"응? 아— 마코토."

말을 건 이는 바로 시오리의 의붓남동생인 이츠카 마코토였다.

도토리처럼 동그란 눈이 인상적인, 사랑스러운 소년이다. 목에 두른 흰색 스카프와 입에 문 막대 사탕이 트레이드마크다. 그리고 마코토에게도 팬클럽이 존재한다. 회원 중 대부분은 상급생이지만, 시오리는 그녀들에게 『언니』라고 불린다.

"어~, 약았어~. 나도 차로 등교하고 싶었는데~."

"아하하……. 미안해. 하지만 나도 우연히 얻어탄 거라……."

시오리가 마코토를 달래고 있을 때, 그의 뒤편에 있던 소녀들이 차례차례 인사를 했다.

"시오리 씨, 좋은 아침이에요."

『훗, 오늘도 아름다운걸. 덕분에 요시무네의 이 가슴도 훈훈해.』

그렇게 말하며 고개를 꾸벅 숙인 건 풍성한 머리카락과 상냥한 얼굴이 인상적인 소년, 그리고 그 소년이 왼손에 낀 토끼 퍼펫 인형이었다.

마코토의 클래스메이트인 히메카와 요시키와, 그의 파트너인『요시무네』다.

그들에게도 각각 팬클럽이 존재하며, 요시키 팬클럽의 회원들은『새끼 토끼』,『요시무네』팬클럽 회원은『가신』이라 불린다.

"…………좋은 아침."

요시키의 뒤편에서 퉁명한 어조로 그렇게 말한 이는 블레이저 안에 파카를 입은 소년이었다. 꼬불꼬불한 머리카락과, 언짢은 느낌의 두 눈을 지닌 그는 요시키의 절친인 쿄노 나츠키다.

참고로 등교 거부를 하던 그가 이렇게 학교에 오게 되는 데까지는 서적 환산 약 250페이지의 이야기가 펼쳐졌지만, 지금은 분량 문제로 생략하겠다.

그에게도 팬클럽이 존재한다는데 주로 인터넷으로만 활동하며, 회원들이 대외적으로 모습을 드러내는 일은 거의 없다. 회장의 핸들네임은『이자요이』라는데, 그 정체는 아무도 모른다.

"음. 좋은 아침이니라, 나리."

그리고 마지막으로 말을 건넨 이는 묘하게 고풍스러운 말투를 쓰는 소년이었다.

긴 머리카락을 예쁘게 땋은, 조그마한 체구의 소년이다. 이름은 호시미야 크롬. 그도 마코토의 클래스메이트다.

참고로 그가 시오리를 『나리』라고 부르게 된 데에는 서적 환산 400페이지 가량의 이야기가(이하 생략).

그의 팬클럽은 통칭 『플래니츠』라고 부르며, 회원끼리도 별의 이름으로 부른다고 한다. 회장의 코드네임은 『달(문)』이라고 하며, 그 정체는 아무도 알지 못했다.

"응. 다들 좋은 아침이야."

시오리가 미소를 지으며 인사를 건네자, 요시키와 크롬은 미소지었고, 나츠키는 부끄러워하듯 고개를 돌렸다.

"자, 그럼 가자."

시오리는 그렇게 말하며 교문을 통과하더니, 건물을 향해 걸어갔다.

그러자 토루와 오리온, 쿄조가 그 뒤를 따르듯이 걸음을 옮겼다.

바로 그때—.

"—후하하하하! 심판의 문은 어스름의 쇠사슬에 잠겼다! 약속에 땅에 도달하고 싶다면, 운명지어진 주언(呪言)을 읊조려라!"

"번역. 나는 시오리의 곁에 더 있고 싶은데, 옆 반이라서 그럴 수도 없다. 하다못해 등하교 인사만은 나누고 싶다……

라고 하네요."

"멋대로 번역하지 말아 주겠느냐?!"

시오리 일행이 건물 입구로 다가가자, 금강역사 조각상처럼 좌우에 서 있던 똑같이 생긴 소년들이 힘차게, 혹은 조용히 그렇게 말했다.

오른쪽에는 러프하게 입은 교복을 은제 액세서리로 꾸미고, 오른손에 붕대를 감은 소년이 서 있었다.

그리고 왼쪽에는, 단정하게 교복을 입고 테가 가는 안경을 쓴 소년이 서 있었다.

시오리의 옆 반에 다니는 쌍둥이, 야마이 카츠야와 야마이 유즈루다. 각각 운동부과 문화부를 통괄하고 있다.

참고로 그들에게는 카츠야 팬클럽, 유즈루 팬클럽 말고도 카츠×유즈 팬클럽, 유즈×카츠 팬클럽이 존재하며, 밤낮없이 피로 피를 씻는 항쟁을 벌이니 마니 하는 소문이 있다.

"카츠야, 유즈루. 좋은 아침이야. 오늘도 기운이 넘치네."

"……읏! 으, 음. 좋은 아침이다……."

시오리가 인사를 건네자, 카츠야는 볼을 살짝 붉히며 인사했다. 언뜻 보기엔 와일드해 보이는 소년이 이런 반응을 보이니, 왠지 묘하게 귀여워 보였다.

그러자 유즈루가 속삭이듯 말했다.

"독심(讀心). ―대박…… 역시 시오리는 너무 귀여워~. 좋은 향기 나……. 결혼하고 싶어…… 하고 생각하고 있어요."

"유즈루우우우우우우웃?!"

얼굴을 새빨갛게 붉힌 카츠야가 그렇게 외치며 유즈루에게 달려들려고 했다.

하지만 유즈루는 슬쩍 피하더니, 그대로 건물 안으로 뛰어 들어갔다.

"퇴각. 그럼, 나중에 봐요."

"거기 서, 유즈루우우우웃! 멋대로 떠들지 좀 말라고오오오!"

두 사람은 그렇게 시끌벅적하게 떠들어대며 달려갔다. 참고로 유즈루는 문화부 소속이면서도 카츠야에게 지지 않을 만큼 발이 빨랐다.

"아, 아하하……. 여전하네……."

시오리는 오늘 들어 몇 번째인지 모를 쓴웃음을 머금더니, 신발장에서 꺼낸 실내화로 갈아 신은 후에 건물 안으로 들어갔다.

그러자 잠시 후, 복도 앞에 사람들이 모여 있다는 것을 눈치챘다.

"응……? 무슨 일이지?"

의아하게 생각하며 학생들 사이에 그쪽을 쳐다보자—.

"—앗! 허니! 기다리고 있었어!"

몰려 있는 인파의 중심에 있던 인물이 눈을 반짝이며 시오리에게로 달려왔다.

단정한 외모와 길쭉한 손발, 그리고 뇌를 녹일 듯한 아름다운 목소리를 지닌 키가 큰 소년이었다.

—이자요이 리쿠. 라타토스크 학원 3학년이자 현역 초인기 아이돌이다. 교내는 물론이고 공식 팬클럽이 존재한다. 그 회원수는 다른 팬클럽은 비교조차 안 될 정도다.

"꺄아, 리, 리쿠 선배……?!"

시오리가 깜짝 놀라며 몸을 웅크리자, 그는 시오리의 손을 잡으면서 허리를 감싸 안았다. 그리고 마치 피겨 스케이트 선수나 오페라 배우 같은 포즈를 취했다.

"아아, 허니! 너를 만나지 못한 이 며칠 동안, 내 가슴이 몇 번 찢어졌는지 몰라! 자, 재회를 축하하는 뜨거운 입맞춤(베제)을—."

그렇게 말한 리쿠는 「으음~」 하며 입술을 쑥 내밀었다.

시오리는 「어, 어버버……」 하며 볼을 붉히며 당혹스러워할 수밖에 없었다.

그러자 시오리의 등 뒤에 있던 토루와 오리온이, 그녀를 리쿠한테서 쑥 떼어냈다.

"어이, 리쿠! 대뜸 뭐 하는 것이냐!"

"—오오오! 토루! 오리온! 그리고 다들!"

하지만 리쿠는 움츠러들기는커녕, 아까보다 목소리와 얼굴이 한층 더 환해졌다.

그렇다. 사실 이자요이 리쿠는 아름다운 미소녀(중복표현)이라면 환장하는 것이다.

"보고 싶었어, 브라더즈! 자아, 재회의 허그를……!"

리쿠는 반짝☆하고 윙크를 하더니, 그대로 토루에게 달려들었다. 하지만 토루는 뛰어난 운동신경을 발휘해 리쿠를 간단히 피했다. 다른 이들도 리쿠의 포옹에서 벗어나기 위해 그 자리에서 물러났다.

결국 붙잡힌 것은 전직 등교 거부 학생이라 운동 부족인 나츠키였다.

"나츠키~, 자아아압아아아았다아아아아아앗! 자아아아아, 부우우우비부비부비, 크으으으응킁킁! 파카의 후드에 머리부터 다이빙해야지~!"

"끄아————?!"

라타토스크 학원의 복도에서, 나츠키의 비명이 울려 퍼졌다. 주위에 있던 구경꾼들은 「어머어머……」, 「와아……」 하며 볼을 붉히더니, 그 광경을 사진에 담을 뿐이었다.

그러고 있을 때였다.

"하아…… 정말. 너희들, 대체 뭐 하는 거야? 나는 숙취로 머리가 깨질 것 같으니까, 적당히 좀 떠들라고……."

이 소란을 눈치챈 건지, 복도 끝에서 한 남성 교사가 휘청거리는 걸음걸이로 다가왔다.

퍼석해 보이는 머리카락과 안경, 그리고 면도를 제대로 하지 않은 남자였다.

혼죠 소지. 이 학교의 미술 교사다. 참고로 그에게도 팬클럽이 있다. 완전 폐인 아저씨 말고는 사랑할 수 없는 골치 아픈 취향을 지닌 여자애들이 적지 않게 존재하는 것 같았다.

"선생님!"

"인마, 이제 그만 떨어져. 불순 동성 교제는 집에서나 해."

"네~. —뭐, 나츠키니움은 충분히 섭취했으니 됐어요."

리쿠는 의외로 순순히 나츠키한테서 떨어졌다. 겨우 수십 초 만에 말라비틀어진 나무 꼴이 된 나츠키는 비틀거리며 그 자리에서 무너지듯 주저앉았다.

"나, 나츠키……!"

요시키가 걱정되는지 나츠키에게 다가갔다.

바로 그때, 이번에는 소지가 나츠키를 향해 몸을 숙였다.

"에헤헤. 낫충, 살았지? 내 덕분에 말이야. 바로 내! 덕분에!"

"……무, 무슨 소리가 하고 싶은 건데……."

"별거 아냐~. 그냥 이번 주말에 우리 집에 와서 『작업』을 도와주지 않으려나…… 싶어서 말이지. 물론 공짜로 부려먹을 생각은 없어."

소지는 그렇게 말하더니, 의미심장한 미소를 머금었다.

그 말을 들은 구경꾼들이 「어머나!」 하며 더욱 볼을 붉혔다.

……사실 소지는 『혼죠 니아』라는 펜네임으로 순정 만화를 연재하고 있으며, 나츠키에게 어시스턴트를 부탁하고 있을 뿐이지만— 옆에서 들으면 음란한 대화를 나누는 것처럼 들렸다.

"……혼죠 선생님."

바로 그때, 소지의 뒤편에서 낮은 목소리가 들려왔다.

"응? 뭐야? 혹시 내 일을 돕고 싶은 사람이…… 어—."

뒤를 돌아본 소지는 그대로 말문이 막혔다.

이유는 단순했다. 그 사람은 학생이 아니라, 양복 위에 흰색 가운을 걸친 남성이어서다.

—무라사메 레이지. 라타토스크 학원의 물리 교사다. 졸려 보이는 두 눈과, 그 아래에 새겨진 두꺼운 다크서클을 안경으로 가리고 있다.

참고로 그에게도 팬클럽이 존재한다. 교내에 있는 팬클럽 회원 수를 전부 합치면 전교생 숫자보다 많기에, 적지 않은 인원이 여러 개의 팬클럽에 소속되어 있는 것으로 여겨진다. 팬클럽 중에는 그것을 허용하지 않는 곳도 있기에, 때때로 배신자를 밀고하는 일이 일어난다고도 한다.

"……아직 일이 안 끝났을 텐데요? 빨리 가죠."

"뭐? 아…… 저기, 레이냥? 나, 배가 좀 아프다고나 할까……."

"……그거 끝일이군요. 빨리 개복 수술을 해야겠습니다."

"갑자기 외과 방면?!"

레이지에게 목덜미를 잡힌 소지가 복도를 질질 끌려갔다. 그 모습을 본 학생들이 「또냐……」 하고 말하듯 쓴웃음을 지었다.

"하아…… 소지 선생님은 여전하구나."

토루는 그렇게 말하며 머리를 긁적이더니, 시오리를 향해 돌아섰다.

"—자. 가자, 시오리. 타마쌤이 와있을 거다."

"아— 응."

시오리는 고개를 살짝 끄덕이더니, 교실을 향해 다시 걸음을 옮겼다. —참고로 타마쌤은 시오리의 반 담임인 오카미네 타마사부로 교사를 말한다.

"…………휴우……."

시오리는 다른 이들과 함께 복도를 걸으면서, 남들에게 들리지 않도록 작게 한숨을 내쉬었다.

—활기차고, 즐거우며, 약간 소란스러운, 라타토스크 학원의 일상. 안면 우량아(미남) 천지의 학교생활.

"…………."

하지만 시오리에게 그것은 그저 즐겁기만 한 나날이 아니었다.

시오리는 함께 걷고 있는 토루와 오리온들의 얼굴을 힐끔 쳐다봤다.

"응? 시오리, 왜 그러느냐?"

"……윽! 아, 아무것도 아냐."

감이 좋은 토루가 시오리의 시선을 눈치채고 그렇게 말했다. 그러자 시오리는 볼을 붉히더니, 허둥지둥 고개를 앞쪽으로 돌렸다.

—평소에는 편하게 대하면서도, 불쑥 이렇게 의식하게 된다. 시오리는 머릿속을 뒤덮은 안개를 걷어내려는 듯이 고개를 저었다.

하지만 그것도 무리는 아니었다.

시오리는 이 학교를 졸업할 때까지— 어떤 선택을 해야만 하는 것이다.

◇

—그 모든 일은, 약 석 달 전에 시작됐다.

"사립 라타토스크 학원……인가."

시오리는 손에 쥔 봉투에 적힌 명칭을 읽듯이 그렇게 중얼거린 후, 얼굴을 앞으로 내밀었다.

그곳에는 거대한 양문형 문이 있었다. 그 위에는 『학원장실』이라는 글자가 새겨져 있었다.

"……느닷없이 이 학교로 전학하라니…… 대체 뭐가 어떻게 된 거야……?"

시오리는 당혹스러운 듯이 중얼거렸다.

그렇다. 시오리는 딱히, 자신의 의지로 이 학교에 다니기로 결심한 것은 아니다. 어느 날 갑자기 영문 모를 합격 통지서를 받았고, 이어서 교복과 교과서를 받았으며, 이제까지 다니던 학교에는 전학 서류가 제출됐다.

솔직히 말해 영문을 알 수 없었고, 기분 나쁘기까지 했다.

하지만 전학 서류를 낸 적 없다고 말해도 받아들여지지 않았고, 다른 곳에 문의를 해봤자 짜기라도 한 것처럼『라타토스크 학원으로 가세요』라고만 말했다. 결국 어쩔 수 없이 여기에 오게 된 것이다.

물론, 순순히 전학할 생각은 없었다. 일단 편의상 라타토스크 학원의 교복을 입었지만, 오늘은 이 일련의 불가사의한 사태에 대한 설명을 요구하러 온 것에 가까웠다.

"…………"

시오리는 숨을 들이마시며 결의를 다진 후, 문에 노크했다.

그러자 곧 문 너머에서, 목소리가 들려왔다.

『—들어와. 문은 열려 있어.』

학원장답지 않게 가벼운 어조였으며, 목소리 또한 젊었다. 시오리는 의아하게 생각하면서도, 「실례하겠습니다」 하고 말하며 커다란 문을 열었다.

넓은 방이었다. 벽에는 역대 학원장으로 보이는 이들의 초상화와 각종 트로피와 상장이 전시되어 있었다. 문 앞에는 응접용 소파와 테이블이 있으며, 그 너머에는 고급스러운 집무용 책상, 그리고 반대 방향을 향하고 있는 의자의 등받이가 있었다.

"—잘 왔어, 이츠카 시오리 양."

등받이 뒤편에서 그런 목소리가 들려왔다. 문 너머에서 들었을 때보다 목소리 톤이 높은 것 같았다.

하지만, 여기에 있는 것을 보면 학원장이 틀림없을 것이다. 시오리는 날카로운 눈빛을 머금으며 말했다.

"……저기, 이게 대체 어떻게 된 건가요? 저는 전학 신청 같은 걸 한 적이 없는데요."

"응, 그럴 거야. 하지만 미안하게도 이건 결정된 사항이야. 너는 오늘부터 이 라타토스크 학원에 다녀줘야겠어. —아, 학비라면 걱정하지 마. 너는 특별 장학생 취급이니까, 전부 면제돼. 그 외에도 필요한 게 있다면 말해. 최대한 편의를 봐줄게."

그렇게 말한 학원장은 등받이 너머에서 한 손을 들어 보였다. 그 손가락 사이에는 조그마한 막대 사탕 같은 것이 끼어 있었다.

수상쩍기 그지없을 정도로 대우가 좋았기에, 시오리는 미간을 찌푸렸다.

"……그, 그런 걸 묻는 게 아니에요. 너무 제멋대로란 뜻에서 하는 말이에요. 대체 무슨 목적으로, 저를 이 학교로 전학시킨 거죠?"

"목적—이라."

학원장은 그렇게 말하더니, 의자를 천천히 회전시켰다.

이윽고, 커다란 등받이에 가려져 있던 학원장의 모습이 드러났다.

"어—?"

그 모습을 본 시오리는 무심코 눈을 동그랗게 떴다.

하지만 그도 당연했다. 같은 상황에 부닥친다면, 그 누구라도 같은 표정을 지었을 게 틀림없다.

—학원장 의자에, 자기 남동생이 앉아있는 광경을 목격한다면 말이다.

"마, 마코토……? 이런 데서 뭐 하는 거야……."

시오리가 얼이 나간 채로 그렇게 중얼거리자, 학원장— 이츠카 마코토는 손에 쥔 막대 사탕을 입에 물었다.

"보고도 모르겠어? 학원장이야."

그렇게 말하더니, 입술 가장자리를 말아 올렸다.

그 표정과 말투가, 시오리를 더욱 혼란에 빠뜨렸다.

지금 눈앞에 있는 사람은 남동생인 마코토다. 그건 틀림없다. 하지만 천진난만한 평소의 마코토와, 뻔뻔한 미소를 짓고 있는 지금의 마코토는 도저히 동일 인물처럼 보이지 않았다.

유심히 보니, 항상 목에 차는 트레이드 마크인 흰색 스카프가 검은색으로 바뀌어 있었다.

"마코토가…… 학원장이고…… 나를 이 학교로 전학시켰어……? 어……? 잠깐만…… 영문을 모르겠네. 대체 뭐가 어떻게 된 거야……?"

시오리가 손으로 머리를 짚으며 당혹스러운 듯이 그렇게

말하자, 마코토는 그럴 만하다는 듯이 어깨를 으쓱했다.

"뭐, 혼란스러울 만도 해. 상황은 서서히 이해하면 돼."

단, 하고 마코토는 이어서 말했다.

"시오리. 네가 이 학교에 다니는 건 이미 결정된 사항이야. 이것만은 그 어떤 이유가 있어도 뒤집을 수 없어. 너는 이 학교에서— **어떤 일**을 해줘야만 해."

"어떤…… 일……?"

혼란과 당혹으로 머릿속이 지배당한 채, 시오리는 질문을 던졌다.

그러자 마코토는 입에 물고 있던 사탕의 막대 부분을 손가락 사이에 끼우더니, 그것으로 시오리를 가리켰다.

"응. —동급생, 하급생, 상급생, 교사…… 누구든 상관없어.

너는 졸업할 때까지, 이 학교 안에서, 신랑감을 골라줘야 겠어."

"뭐——."

마코토가 느닷없이 그렇게 선언하자…….

"뭐어어어어어어어어어어어어어어어어어어어어어어어어어어어어———?!"

시오리는, 그날 들어 가장 큰 목소리를 냈다.

◇

"……신랑감……이라니……."

시오리는 밀방망이로 쿠키 생지를 늘리면서 그렇게 중얼거렸다.

오늘 6교시는 가정 과목의 요리 실습이다. 삼각건으로 머리카락을 묶은 시오리는 귀여운 앞치마 차림으로 쿠키 만들기에 몰두하고 있었다.

하지만 그런 순간에도, 문뜩 그 일을 떠올리고 말았다.

—결국, 전학을 막지 못한 시오리는 사립 라타토스크 학원에 다니게 됐다.

반감을 품지 않았다면 거짓말이겠지만, 서류가 완전히 처리되면서 원래 학교로 되돌아갈 수도 없었기에 선택의 여지가 없었다.

하지만 라타토스크 학원 자체는 나쁜 장소가 아니었다. 최신예 설비, 충실한 수업, 온화한 성격의 학생들. ……솔직히 말해, 이런 학교에 학비 면제로 다녀도 되는 건지 의문이 들 정도다.

게다가 신랑감 운운도 마코토가 멋대로 한 말에 지나지 않는다. 이런 것은 타이밍과 느낌에 달려 있으며, 설령 시오리에게 호감이 가는 사람이 생기더라도 상대방에게도 선택할 권리가 있을 것이다.

시오리는 평범하게 학교생활을 즐기다, 아무 일 없었다는 듯이 졸업해버리면 된다—.

……전학하고 며칠 동안은, 그렇게 생각했다.

그리고 라타토스크 학원에 다닌 지도 벌써 석 달이나 흘렀다.

그 사이, 시오리의 주위는 미남☆파라다이스로 변했다.

게다가 남학생들은 툭하면 의미심장한 태도를 보였다. 이제까지 한 번도 이성과 사귄 경험이 없는 시오리로서는, 하루하루가 가슴 뛰는 나날이었다.

"……아니, 물론 내 착각일지도 모르지만 말이야!"

시오리는 성대하게 혼잣말을 중얼거리더니, 쿠키 틀을 꺼내서 눈에 보이지 않는 속도로 타다다다다닥— 하고 생지를 뽑아냈다. 주위에서 『오오……』 하는 술렁거림이 들려왔다.

"—오리, 시오리."

"……어?"

갑자기 이름을 불린 시오리가 고개를 들었다.

그러자, 앞치마와 삼각건을 착용한 여학생이 눈에 들어왔다. —시오리의 클래스메이트, 토노마치 히로코다.

"너…… 대체 얼마나 만들려는 건데? 가게라도 차릴 거야?"

히로코가 어처구니없다는 투로 말했다.

시오리가 손 언저리를 쳐다보니, 거기에는 엄청난 숫자의 쿠키 생지가 놓여 있었다.

"아…… 미안해. 정신이 딴 데 나갔었나 봐……."

"그, 그래…… 그런 것치고는 손놀림이 엄청 빠르던데……."

"손에 익었거든. 나, 요리를 좀 할 줄 아는 평범한 여자애니까……."

"그런 자칭은 꽤 드물다 싶은데 말이야……"

히로코는 식은땀을 삐죽삐죽 흘리며 그렇게 말했지만, 곧 다음을 다잡듯 한숨을 내쉬었다.

"뭐, 됐어. 빨리 굽자. 이 대형 오븐이라면, 그 생지를 다 구울 수 있을 거야."

"아— 응."

시오리가 그렇게 답하자, 히로코는 의미심장한 미소를 지으면서 스윽…… 하고 그녀에게 다가갔다.

"……그런데, 너는 누구한테 줄 생각이야?"

"뭐?"

"시치미 떼기는~. 기왕 만들었으니까, 유효하게 활용 안 하면 아깝잖아. 토루? 오리온? 쿄죠? 아니면 다른 반의 카츠야, 유즈루 형제? 아, 1학년의 요시키와 나츠키, 크롬도 있지. 동생인 마코토 같은 안이한 대답은 용서 못 하거든~? 아, 그래도 진심이라면 봐줄게."

"아, 아니, 저기……."

"—앗, 설마 리쿠 님? 우와~, 안 그래도 경쟁률이 엄청난데 시오리가 참전하면 관둬야겠네~. 혹시 소지 선생님……?

그 사람, 직접 밥 해 먹을 것 같지는 않으니까 수제 먹거리라면 환장할 정도로 좋아하지 않을까? 물리의 레이지 선생님도 있긴 한데…… 그 사람은 전 캐릭터 공략한 후에 루트 해방되는 히든 캐릭터 같은 거라고 생각해."

"……무슨 소리를 하는 거야?"

시오리가 고개를 갸웃거리자, 히로코는 「어머나」 하며 손을 내저었다.

"신경 쓰지 마. 친구 캐릭터의 피가 끓어올랐을 뿐이야."

"그, 그래……."

히로코의 말에서는 말로 형용할 수 없는 설득력이 느껴졌다. 솔직히 말해 영문을 모르겠지만, 일단 그렇게 이해하고 넘어가 줬으면 한다.

"뭐, 누구한테 주든 간에 잘 만들어봐. 자, 서둘러."

히로코는 그렇게 말하면서 오븐용 철판 위에 쿠킹 시트를 깔았다. 시오리는 고개를 끄덕이더니, 쿠키 생지를 시트 위에 동일한 간격으로 놨다.

"……누구에게, 인가……."

시도는 하트 형태를 한 쿠키 생지를 손에 쥐며, 그렇게 중얼거렸다.

◇

"—음. 돌아가자, 시오리!"

종례가 끝나자, 토루는 힘차게 시오리에게 말을 건넸다. 온종일 수업을 들었지만, 그 얼굴에서는 전혀 피로가 느껴지지 않았다. 역시 검도부 주장다웠다.

"아, 응. 오늘은 부활동을 안 하나 보네."

"음. 오늘은 쉬는 날이다. 그러니 어디든 들러도 되지. 혹시 가고 싶은 곳이 있다면—."

토루가 말을 이으려다, 갑자기 입을 다물었다. 그리고 킁킁하며 냄새를 맡았다.

"……뭐지? 어디선가 맛있는 냄새가……."

"어? 아…… 혹시 여기서 나는 걸까……?"

시오리는 책상 옆에 둔 종이봉투 안에서 조그마한 쿠키 꾸러미를 꺼냈다.

그러자 토루는 놀란 것처럼 눈을 동그랗게 떴다.

그런 반응을 보이는 것도 무리는 아니다. 여자애들이 조리 실습을 하는 동안, 남자들은 기술실에서 다른 실습을 했으니 말이다.

"설마, 쿠키인 것이냐……?"

"응. 아까 조리 실습 때 구웠어."

"……윽?! 그것도 갓 구운 쿠키……라고……?"

토루는 미간을 모으더니, 전율한 것처럼 손가락 끝을 떨었다. 그 과장된 반응을 본 시도는 무심코 웃음을 터뜨렸다.

"괜찮으면 맛이라도 좀 볼래?"

"—윽! 그래도 되겠느냐?!"

"응. 뭐, 맛은 보장 못 하지만 말이야."

"하하, 시오리가 만든 쿠키가 맛없을 리가 없지."

토루는 환하게 웃으며 그렇게 말했다. ……실은 시오리도 약간 겸손을 부렸을 뿐이지만, 저런 대답을 들으니 약간 부끄러웠다.

"음? 왜 그러느냐?"

"아, 아무것도 아냐. 그것보다 이걸—."

쿠키 꾸러미를 토카에게 건네주려던 시오리는 갑자기 말을 멈췄다.

이유는 단순했다. 시오리가 손에 들고 있던 쿠키가 순식간에 사라졌기 때문이다.

"어? 어머?"

"—오리온!"

시오리가 눈을 껌뻑이고 있을 때, 토루는 오른쪽을 쳐다보며 그 이름을 외쳤다.

토루의 시선을 쫓듯 고개를 돌리자, 쿠키 꾸러미를 손에 든 오리온의 모습이 눈에 들어왔다. 아무래도 순식간에 시오리의 손에서 쿠키를 빼앗은 것 같았다.

“이게 무슨 짓이냐. 시오리의 쿠키를—.”

“—그건 내가 할 말이야. 새치기는 나쁜 짓 아닐까?”

“뭐……?”

토루가 미간을 찌푸리며 그렇게 말했을 때, 누군가가 그의 어깨에 손을 얹었다. —쿄조였다.

“오리온 씨의 말이 옳아요. 저희를 제쳐두고 시오리 양의 쿠키를 손에 넣으려 하다니, 토루 씨답지 않군요. 쿠키를 원한다면, 정정당당하게 차지하는 게 어떨까요?”

“정정당당……하게?”

바로 그 말을 기다리고 있었다는 듯한 타이밍에, 교실 앞문이 드르륵 하며 열렸다.

“—이야기는 잘 들었노라!”

“—등장. 야마이 형제 참전, 이에요.”

옆 반인 카츠야와 유즈루가 짜잔~! 하고 포즈를 취하며 등장했다.

“어? 어……엇?!”

갑작스러운 사태에 시오리가 당황했을 때, 이번에는 교실 뒷문이 힘차게 열렸다.

“시오리 선배의 쿠키…… 저, 안 질 거예요.”

『훗훗훗. 요시무네의 난폭한 일면이, 오래간만에 잠에서 깨어날 것 같은걸…….』

“음. 나리가 직접 만든 것이라면 참전 안 할 수 없지. 별

모양도 있느냐?"

"……아니, 뭐, 나는 아무래도 상관없지만……."

1학년인 요시키&『요시무네』, 크롬, 나츠키가 차례차례 얼굴을 보였다. 교실이 있는 층이 다른데, 어마어마한 속도로 나타났다.

하지만, 그들로 끝이 아니었다. 이어서 교실 문이 드르륵 하며 열렸다.

"허니의 쿠키란 말을 듣고 가만히 있을 수야 없지! 하지만, 안심해. 나는 독차지할 생각은 없어. 너희한테도 나눠줄게. ―마우스 투 마우스로, 말이지!"

"―하하! 분위기가 참 뜨거운걸~. 좋아. 이 승부는 혼죠 소지 님에게 맡겨달라고!"

"아니, 대체 어디서 튀어나온 거야?!"

교실 창문을 통해 얼굴을 내민 리쿠와 소지를 본 시오리가 고함을 질렀다. 하지만 시오리 말고는 아무도 신경쓰지 않는 눈치였다.

"―좋다. 상대로서 나무랄 데가 없구나. 시오리의 쿠키는 내가 차지하고 말겠다!"

"그런 내가 할 말이야. 시오리의 쿠키는 어울리는 사람은 바로 나야."

"키히히히히― 애프터눈티의 다과로 즐기도록 할까요."

"으음…… 저기…… 그럴 것까진 없는데……."

시오리는 땀을 삐질삐질 흘리며 말렸지만, 흥분한 소년들은 들은 척도 하지 않았다.

이리하여 시오리의 의지와는 상관없이, 그녀가 만든 쿠키 쟁탈전의 막이 오르고 말았다.

"—자! 이제부터, 제1회 시오링 쿠키 쟁탈, 두근☆ 남자 투성이 수상 씨름을 개최하겠습니다! 실황은 모두의 형아 혼죠 소지, 해설은 전율의 냉혈 압박 무라사메 레이지 선생님이 맡습니다~!"

"……내가 왜……?"

풀 가장자리에 설치된 실황석에서 그런 목소리가 들려왔다.

라타토스크 학원이 자랑하는 실내 풀에는 남자들의 결전장이 될 배틀필드가 설치되어 있었다.

대체 어디서 가져온 건지, 풀 수면 위에는 커다란 정사각형 보드가 떠 있었다. 표면에는 원이 그려져 있어서, 씨름판 같은 느낌이 들기는 했다.

그리고 풀 가장자리에는 수영복을 입은 소년들이 줄지어 서 있었다.

탄탄한 복근. 강렬한 상완 이두박근. 탄력적인 느낌의 대전근부터 대퇴 이두박근까지의 라인. 십인십색의 근육이 영차영차~ 하고 있었다. 그들을 본 시오리는 가슴이 너무 콩닥거려서 버틸 수가 없었다.

참고로 다들 허벅지와 발목까지 감싸는 타입의 경기용 수영복을 입고 있었지만, 리쿠만은 대담한 부메랑 수영복을 입고 있었다.

그리고 어떻게 된 건지 실황석의 소지와 레이지도 수영복 차림이었다. 레이지는 수영복 위에 흰색 가운을 걸쳤다. 성적 취향이 폭발했다.

"수상 씨름…… 즉, 저 보드 위에서 서로를 밀쳐내어서 물에 빠진 쪽이 패배—인 건가요?"

쿠루미가 턱에 손을 대며 그렇게 말했다. 그러자 실황을 맡은 소지가 고개를 끄덕였다.

"맞아! 하지만 그것만이 아니지. 이번에는 배틀로얄 방식을 채용! 즉, 다 같이 보드에 올라가서 일제히 배틀을 시작해서, 끝까지 버틴 사람이 승자인 거야!"

『…………아!』

소지의 설명에, 소년들의 표정이 굳어졌다.

하지만 그것도 당연했다. 1대1과 배틀로얄은 전투 방식이 완전히 달라지는 것이다.

소년들이 서로에게 시선을 보냈다. —안 그래도 불안정한 보드 위에서, 여러 명에게 표적이 된다면 버티기도 어렵다. 대체 누구부터 노리고, 어떻게 버틸 것인가. 그런 심리전이 이미 시작된 것 같았다.

하지만, 그런 와중에—.

"—하앗!"

그런 심리전은 전혀 개의치 않으며, 풀 가장자리에서 보드 위로 뛰어 올라가는 이가 한 명 있었다. —토루다.

"즉, 전원을 물에 빠뜨리면 되는 거지? 음, 알기 쉬워서 좋구나. 다들 한꺼번에 덤벼봐라!"

그리고 당당한 목소리로 힘차게 외치더니, 다른 이들을 도발하듯 손을 까딱거렸다.

『…………』

타산과는 거리가 먼 모습을 본 소녀들은 표정이 누그러졌다.

"훗— 좋다. 구풍에 삼켜져 심연에 가라앉거라!"

"임전. 정정당당하게 승부하죠."

"저, 저도…… 안 질 거예요!"

다들 그렇게 말하면서 차례차례 보드 위로 올라갔다. 참고로 다들 풀 가장자리에서 보드 위로 가볍게 점프해서 올라갔지만, 나츠키만은 일단 풀 안에 들어간 후에 기어 올라갔다. 그 과정에서 요시키가 손을 빌려줬다.

"음…… 크로도 온 힘을 다해야 하겠구나."

마지막까지 풀 가장자리에 남아 있던 크롬이 어깨에 걸치고 있던 체육복을 벗어 던졌다.

『아니……?!』

그러자, 소녀들이 눈을 치켜떴다.

크롬은 소년들 중에서 비교적 덩치가 작은 편이지만, 육체의 완성도는 범상치 않았다. 무시무시할 정도로 근육질이었다. 확연하게 갈라진 식스팩, 조그마한 지프를 올려둔 듯한 어깨, 이런 몸을 만드느라 잠들지 못한 밤도 많았으리라.

"어, 엄청난 몸이다……!"

"네가 보기에 저 체구는 어떻지……?"

"어떻게 보이는가보다 어떻게 만든 건가가 더 신경 쓰이는데……."

다들 격투가 같은 말을 한마디씩 했다. 하지만 당사자인 크롬은 영문을 모르겠다는 듯이 고개를 갸웃거렸다.

"……흐음? 무슨 소리를 하는 거지? 이 정도는 보통이지 않느냐."

크롬은 의아하다는 투로 그렇게 말했다. 아무래도 겸손한 척하는 게 아니라, 진짜로 그렇게 생각하는 눈치였다.

그리고 크롬이 보드에 올라서면서, 모든 참가자가 전장에 섰다.

일촉즉발의 긴장감이, 풀 전체를 감쌌다.

"—우헤헤, 다들 기합이 넘치네. 준비 완료라는 느낌인걸. 그럼 시오링, 재들에게 한 마디 부탁해~."

소지는 그렇게 말하면서 갑자기 시오리에게 코멘트를 요청했다. 완전히 방심하고 있던 시오리는 「네?!」하며 새된 목소리를 냈다.

"으음~…… 우, 우리의 씨름(데이트)을…… 시작하죠?"

그 결과, 그런 영문 모를 대사를 입에 담을 수밖에 없었지만…… 다들 그것으로 충분한 것 같았다. 이미 임전 태세였던 소년들에게서 더욱 농밀한 기백이 뿜어져 나왔다.

"좋아, 그럼 시작하자고~? 준비— 땅!"

그리고, 소지의 목소리에 맞춰—.

『—오오오오오오오오오오오오오오오오오!』

남자들의 싸움이, 시작됐다.

보드 위에 모인 소년들이, 일제히 격돌했다. 안 그래도 불안정하던 수상 보드가 격렬하게 흔들렸다.

"훗——."

"크, 꽤 하는구나……! 신대의 사냥꾼(오리온)이라는 이름에 걸맞느니라……!"

"감복. 역시 마스터 오리온. 하지만, 유즈루들도 지지 않겠어요."

"키히히— 아무래도, 이 봉인된 왼쪽 눈의 힘을 해방해야만 할 것 같군요— 어, 아, 아앗……?!"

『좋았어~! 쿄조, 빈틈 발견~!』

"요, 요시무네……."

"—음……! 완력이 엄청나구나, 토루……!"

"그러는 크롬이야말로, 대단하다! 공격 한 방 한 방이 정말 묵직해—!"

"크, 엄청난 힘이야! 나츠키를 떨쳐낼 수가 없어~."
"끄아———?!"
등등…….
수상 보드 곳곳에서, 소년들의 싸움이 펼쳐지고 있었다.
흩뿌려지는 땀방울. 울려 퍼지는 타격음. 맞부딪치는 대흉근.
휘황찬란한 근육 세상이, 그곳에서 펼쳐지고 있었다.
"어, 어어어……."
"—어이쿠, 남자들의 열정을 본 시오링의 볼이 붉게 물들었습니다! 해설을 맡은 레이지 선생님, 이게 대체 어찌 된 일일까요?!"
"……사실 그녀가 근육 페티시즘을 지닌 게 아닌가 하는 데이터가 있어."
"오오, 이거야말로 충격적인 사실이군요! 다들 힘내! 시오링의 시선이 너희의 근육에 쏟아지고 있어!"
"마, 말도 안 되는 소리 하지 마세요!"
시오리는 레이지와 소지를 향해, 무심코 비명에 가까운 목소리로 그렇게 외쳤다.
하지만 소지는 미안해하기는커녕, 히죽거리며 말을 이었다.
"……그런데, 시오링이 가장 좋아하는 근육은 어디야?"
"…………복사근."
"복사근이랍니다! 다들! 어필을 잊지 마!"

실황

소지가 힘차게 고함쳤다. 무심코 대답하고 만 시오리는 얼굴을 새빨갛게 붉히며 머리를 감싸 쥐었다.

—그렇게, 물 위에서의 싸움이 벌어지고 몇 분이 흘렀다.

"커억……?!"

"크—윽—."

보드 위에서 한 명, 또 한 명, 탈락하더니—.

마지막으로, 두 소년이 거기에 남았다.

"……너냐, 오리온. 왠지, 이렇게 될 듯한 느낌이 들었다."

"……토루."

마지막 두 사람— 토루와 오리온이, 상체를 낮추며 대치했다.

두 사람의 몸은 이제까지의 열전 탓에 땀과 물방울에 촉촉이 젖었다. 이마와 목덜미에 붙은 머리카락 또한 요염했다.

"…………."

"…………."

토루와 오리가미가, 아무 말 없이 서로를 주시했다.

눈 한 번 깜빡이는 것도 허락하지 않는 긴장감, 한순간의 빈틈이 죽음으로 직결되는 긴박감…….

두 사람의 머리카락 끝에서 흘러내린 물방울만이, 시간의 흐름을 새기고 있었다.

하지만—.

"—아. 저기에 하늘을 나는 콩고물 빵이 있네."

"뭐라고?!"

영원이 이어질 듯한 대치 상태가, 의외로 간단히 허물어졌다.

오리가미의 말에, 토루는 그대로 뒤편을 돌아보았다.

오리온을 그 틈을 노리며 순식간에 거리를 좁히더니, 토루를 보드 가장자리까지 밀어붙였다.

"아니……, 나를 속인 것이냐?! 하늘을 나는 콩고물 빵 같은 건 어디에도 없지 않느냐!"

"속인 적 없어. 야생의 콩고물 빵은 도망을 잘 치거든. 네가 놓쳤을 뿐이야."

"그, 그래…… 그, 그럴 리가 없지 않느냐!"

토루는 울부짖듯 그렇게 외치더니, 다리에 힘을 주며 버텼다. 힘이 들어간 대전근이 탄탄해졌다. 감사하옵니다.

"순순히 떨어져. 시오리의 쿠키는 내가 차지할 거야……!"

"헛소리 마라! 시오리의 쿠키는— 내것이다아아아아아앗!"

토루는 샅바를 잡듯 오리온의 수영복을 움켜쥐더니, 그대로 오버스로 느낌으로 오리온을 보드 밖으로 내던졌다. 첨벙, 하는 소리를 내면서 오리온이 물에 빠졌다.

"—경기 종료오오오오오! 제1회 시오링 쿠키 쟁탈전의 승자는— 야토가미 토루!!"

소지가 힘찬 목소리로 선언하자, 풀 가장자리에 있던 탈락자들이 환성을 질렀다.

토루는 한동안 어깨를 들썩이며 거칠게 숨을 몰아쉬었지

만, 이윽고 젖은 앞 머리카락을 쓸어올리면서 시오리를 향해 환한 미소를 지었다.

"……윽!"

그 순수한 표정을 보자, 무심코 가슴이 뛰었다. 그런 시오리의 등을, 레이지가 손으로 상냥히 밀었다.

"……자, 승자에게 상품을 수여해줘."

"아…… 네."

시오리는 쿠키 꾸러미를 손에 들더니, 풀 옆으로 걸어갔다.

그리고, 보드 가장자리에 선 토루에게, 그것을 내밀었다.

"으음, 저기…… 축하해. ……솔직히 말해, 이렇게까지 해서 손에 넣을 가치가 있다곤 생각 안 하지만…… 받아."

"나는 정말 기쁘니 그런 말 마라. —고맙다, 시오리."

토리는 빙긋 미소 짓더니, 시오리가 내민 쿠키를 받았다.

하지만, 바로 그때였다.

"……우왓?!"

물 위에 떠 있던 보드가 흔들리더니, 토루의 손에서 쿠키 꾸러미가 쏙 빠지면서 물에 빠졌다.

"……푸핫. ……크, 졌어……."

이어서 오리온이 수면에서 얼굴을 내밀더니, 분하다는 듯이 이를 갈았다. 아무래도 물속에 잠겨 있던 오리온이 떠오르면서, 보드가 흔들리고 만 것 같았다.

그에게는 나쁜 뜻이 없었겠지만— 토루는 심각할 정도로

충격을 받았다.

"아, 아, 아――, 시오리의 쿠키가……. 내, 내가 무슨 짓을……."

토루는 떨리는 두 손으로 머리를 감싸 쥐며 그 자리에서 무릎을 꿇었다. 그 모습에서는 검은 절망의 빛이 떠올라 있었다.

"저, 저기……."

아무리 쿠키를 고대했더라도, 너무 오버하는 것 같았다. 시오리는 그를 위로하기 위해, 식은땀을 삐질삐질 흘리면서 말을 건네려 했다.

―하지만, 다음 순간…….

"어……?!"

시오리는 무심코 눈을 치켜떴다. 웅크리고 있는 토루의 몸에서, 칠흑색 아우라가 뿜어져 나온 것이다.

"이, 이게 뭐야……?!"

"……윽, 큰일났군! 반전이야―."

시오리가 당황하자, 뒤편에 있던 레이지가 그렇게 말했다.

"바, 반전?! 그게 뭔데요?!"

"……토루와 저 애들은 강한 절망을 느끼면 반전하고 말아. 부탁이야, 시오리. 그를 원래대로 되돌릴 수 있는 사람은 너뿐이야."

"무슨 그런 뜬금없는 설정이 다 있어요?! 그것보다, 전혀 설명이 안 되거든요?!"

시오리는 비명에 가까운 목소리로 그렇게 외쳤지만, 범상치 않은 상황이란 것은 이해했다. 그러는 사이에도, 토루를 감싼 아우라가 점점 강해지며 진해지고 있었다.

"대체 토루는…… 어떻게 되는 건가요?!"

"……자세한 건 몰라. 하지만 아마도—."

"아마도?"

"……평소의 토루와 성격이 정반대인, 오만하고 거친 미남이 되겠지."

"…………."

왠지 그것도 괜찮을 것 같다는 생각이 들었지만, 시오리는 그런 생각을 떨쳐내려는 듯이 고개를 저었다.

이러는 사이에도 토루는 괴로워하고 있다. 그런 그를 내버려 둘 수는 없다.

하지만, 대체 시오리가 뭘 할 수 있을까—.

"……아! 그래. 어쩌면—."

시오리는 화들짝 놀라더니, 가지고 온 종이봉투에서 『어떤 것』을 꺼냈다.

"토루! 돌아와! 토루……!!"

그리고 기도하는 심정으로 그렇게 외치면서, 토루를 향해 손을 내밀었다.

그러자—.

"…………어, 우물……우물…… 이, 이건……."

토루는 시오리가 내민 것을 먹더니, 깜짝 놀란 표정을 지으며 고개를 들었다. 그와 동시에, 그의 몸을 감싸고 있던 아우라가 흩어졌다.

"쿠……키……?"

토카는 혀에서 느껴진 맛을 되새기면서, 그렇게 말했다.

그렇다. 시오리가 토루에게 내민 것은— 자신이 만든 쿠키였다.

반전이 어떤 현상인지는 전혀 모르지만, 아무래도 쿠키를 물에 떨어뜨린 탓에 발생한 것 같았다. 그럼 쿠키를 먹여주면, 토루를 원래대로 되돌릴 수 있을지도 모른다고 생각한 것이다.

"응. 실은……."

시오리는 머뭇거리며 그렇게 말하더니, 가지고 있던 종이봉투 안을 보여줬다.

그 안에는 쿠키 꾸러미가 가득 들어있었다.

"아니…… 이건—."

"아하하……. 실은 너무 많이 만들어서 모두에게 나눠줄 생각이었어. 그런데 다들 너무 진심으로 경기에 임하니까 말을 꺼내기 어렵지 뭐야……."

시오리는 아하하 하고 쓴웃음을 흘리더니, 미안하다는 듯이 몸을 움츠렸다.

"저기, 미안해……. 내가 처음부터 말했으면, 이런 일은……."

"……아니, 나야말로 미안하다. 아무래도 폐를 끼친 것 같구나. 하지만—."

"어?"

시오리가 고개를 갸웃거리자, 토루는 태양 같은 미소를 머금었다.

"—역시, 시오리의 쿠키는 최고구나!"

◇

"—쿠키 쟁탈전인가. 아하하, 재미있는 일을 벌이네."

라타토스크 학원, 학원장실.

이츠카 마코토는 의자에 앉아서 유쾌하게 웃었다.

"네. 한때 토루 군이 반전할 뻔했으나, 시오리 양이 기지를 발휘해 막아냈답니다."

그렇게 말한 이는, 마코토의 어른편에 서 있는 장신의 미녀였다. —칸나즈키 쿄코. 라타토스크 학원 부학원장이자, 변성기가 오지 않은 소년의 무릎 뒤편에 비정상적으로 집착하는 여자다.

"미세하지만, 어엿한 진전……이려나? 자, 시오리는 과연 누구를 선택할까—."

"—남은 시간은 얼마 안 됩니다. 졸업까지 약 1년 반. 그때까지 시오리가 신랑감을 결정해 줘야만 하죠."

이어서 마코토의 말에 답한 이는, 그의 왼편에 서 있는 소년이었다.

언뜻 보면 명백한 인간 같아 보이지만— 아니다.

라타토스크 학원이 자랑하는 미소년 AI 『마리오』가 대인용 인터페이스 보디로 대화를 나누고 있는 것이다.

"알아. 하지만, 너무 조바심을 내는 것도 좋진 않잖아? 허둥지둥 고른 상대가, 최선의 신랑감이란 보장은 없어."

"그건 맞는 말입니다. 그럼 역시 졸업 때까지 시오리가 상대를 고르지 못한다면, 불초 이 마리오가 신랑이 되도록 하죠. 히어 위 고~."

"아니, 뭐가 『역시』야. 멋대로 떠들기는……."

"맘마미아~. 그럼 시오리가 끝까지 상대를 고르지 못한다면, 대체 어쩔 작정이죠?"

"뭐? 그야 물론—."

"물론?"

"……아, 아무것도 아냐!"

마리오가 자신의 얼굴을 뚫어지게 쳐다보자, 마코토는 볼을 붉히며 고개를 돌렸다. 쿄코는 그 광경을 하악하악~ 하고 거친 숨을 내쉬며 지켜보고 있었다.

마코토 일행이 그런 짓을 하고 있을 때, 갑자기 삐삐~ 하는 소리가 들려오면서 학원장실 벽에 설치된 모니터에 영상이 투영됐다.

『—어머나, 이츠카 학원장. 수고가 많네.』

"……아! 이사장님!"

마코토는 어깨를 부르르 떨더니, 튕기듯 자리에서 일어났다. 쿄코와 마리오 또한, 자세를 바르게 고쳤다.

모니터에 표시된 것은 휠체어에 탄 기품있는 노부인, 그리고 그 옆을 지키고 있는 안경 쓴 남성이었다. —라타토스크 학원 이사장 엘리자베스 우드먼과 그녀의 비서, 그렌 메이저스다.

『후후. 그렇게 긴장할 필요 없어. 자리에 앉으렴.』

"네……."

마코토는 그 말을 듣고 다시 의자에 앉았다.

그러자 엘리자베스는 온화한 미소를 머금으며 말을 이었다.

『그런데, 당신의 누나는 어때? 마음에 둔 사람이 생긴 것 같아?』

"네……. 현재, 열두 명의 남학생 및 남성 교사가 특히 친밀한 상태입니다. 분명 이 중에서 신랑감을 고르지 않을까 싶군요."

"당연한 듯이 자기도 집어넣는군요."

"……좀 조용히 해주지 않겠어?!"

마코토는 옆에서 딴죽을 날린 마리오를 향해 고함쳤다. 엘리자베스는 그 모습이 훈훈하다는 듯이 쳐다봤다.

하지만 곧, 깊은 한숨을 내쉬며 고개를 돌렸다.

『……당신의 누나에게는 미안한 짓을 했다고 생각해. 반강제적으로 인생의 반려자를 고르게 했잖니.』

“무슨 말씀이십니까. 그게 이 학교의, 더 나아가서 이 세상의 운명을 좌우한다는 것을 잘 알고 있습니다. —〈낙원의 성녀(이브)〉가 〈신랑(아담)〉과 만나지 못하면, 이 세상은—.”

『……응. 그래서, 당신들이 있는 거야. —그녀는 아직 모를 거야. 자신의 사명과 운명을……. 하지만, 언젠가 알 수밖에 없는 날이 와. 그러니 〈지혜의 열매〉를 찾아내야만 해. 종말의 종이 울리기 전에—.』

“맡겨 주십시오. DEM학원의 아이린 웨스트코트와 앨런 메이저스의 뜻대로 되게 두지는 않겠습니다. 〈수호자〉와 〈뱀〉은 반드시—.”

“아무리 회수할 필요가 없다고 해도, 너무 잡다하게 복선을 까는 것 아닐까요?”

“……입 좀 다물어 주겠어?!”

마리오가 또 딴죽을 날리자, 참다 못 한 마코토가 고함을 질렀다.

바로— 그때였다.

학원장실에서, 격렬한 경보가 울렸다.

“……윽?! 마리오, 무슨 일이 일어난 거야?”

“—시내에서 공간의 흔들림을 확인. 누군가가, 이 세상에 나타나려 합니다."

"뭐……?! 설마—."

마코토가 숨을 삼키자, 엘리자베스는 희미하게 눈썹을 찌푸렸다.

『……왔군요, 〈아니무스의 그릇〉. 자…… 우리 〈성녀(이브)〉의 선택은—.』

◇

"——어?"

라타토스크 학원에서 집으로 돌아가던 도중의 일이었다.

시오리는 갑자기 걸음을 멈추더니, 하늘을 올려다보았다.

이유는 모른다. 하지만 『무언가』가 일어난다. 그런 예감이 든 것이다.

그리고, 다음 순간—.

"꺄아……?!"

시오리는 무심코 팔로 얼굴을 감싸며 비명을 질렀다.

갑자기 길 앞쪽의 공간이 일그러지더니, 엄청난 섬광을 동반하며 폭발을 일으킨 것이다.

"아니…… 대체, 무슨 일이……."

몇 초 후. 머뭇거리며 눈을 떴다.

그러자 아까까지 눈앞에 펼쳐져 있던 마을의 풍경이, 지우

개로 지운 것처럼 소멸된 것을 알 수 있었다.

너무 갑작스럽고, 비현실적인 광경이었다.

하지만, 시오리는 그 광경을 멍하니 바라볼 수밖에 없었다.

그런 것보다 훨씬 시오리의 의식을 끄는 것이, 그 중심에 서 있었던 것이다.

—그것은, 소년이었다.

교복으로 보이는 것을 걸친 소년 한 명이, 서 있었다.

어딘가 중성적인 외모를 지녔으며, 온화한 인상에서는 친근한 느낌이 감돌았다.

그리고— 매일 거울로 본 듯한, 강렬한 친근감이 느껴졌다.

"아——."

탄식에, 희미한 목소리가 섞이며 사라졌다.

"—당신, 은……."

얼이 나간 채…….

시오리는, 말을 건넸다.

소년은, 천천히 시선을 돌렸다.

"……이름, 인가."

기분 좋은 선율 같은 목소리가, 공기를 흔들었다.

"내 이름은— 이츠카 시도."

"이츠카…… 시도……."

그날. 토루들에게 있어 너무나도 잔혹한 운명의 톱니바퀴가, 움직이기 시작했다—.

DATE A LIVE ANOTHER ROUTE

Afterword

후기

■작가 후기

안녕하세요, 히츠지 타로입니다!

앗, 거기! "응? 누구?" 같은 말 하지 마세요!

저는 『데이트 어 라이브』의 타치바나 코우시 님과 마찬가지로, 판타지아 문고에서 소설을 쓰고 있는 히츠지 타로란 생물입니다!

이번에 같은 출판사에서 책을 내고 있다는 인연이랄까, 정이랄까, 그런 어른의 사정으로 『데이트』의 앤솔로지를 한 편 쓰게 됐습니다!

제가 쓴 『데이트』는 어떠셨는지요?

어? 캐릭터가 이상하다고요?

페이스와 분위기가 다르다고요?

토카와 오리가미는 그런 소리를 안 한다고요?

그, 그런 점은 양해해 주세요~!

『데이트』의 캐릭터는 뭐랄까…… 여러모로 캐릭터가 강렬하달까, 대수롭지 않은 대사와 행동 원리 및 사고 패턴에 독특한 간격이 있어서, 타치바나 씨 말고는 캐릭터를 제대로 활용할 수가 없어요! 저 같은 평범한 인간이 그런 매력적인 캐릭터를 완전히 다뤄낼 수 있을 리가 없잖아요!

그런고로, 어디까지나 히츠지가 쓴 『데이트』의 마이너 레플리카, 혹은 2차 창작 같은 무언가, 라는 인식으로 잘 부탁드립니다!

그건 그렇고…….

이야, 자기 작품 이외의 캐릭터를 이용해서 이야기를 쓰는 건 꽤 즐겁네요(고전하기도 했지만요)! 자기 캐릭터로는 할 수 없는 것을 할 수 있어서, 여러모로 공부가 됐습니다.

기회가 생긴다면 이런 기획에 또 참가하고 싶습니다.

히츠지 타로가 쓴 『데이트』를, 『데이트』 팬 여러분이 조금이라도 즐겨주셨길 바랍니다.

잘 부탁드립니다.

히츠지 타로 Taro Hitsuji

작가. 대표작 「변변찮은 마술강사와 금기교전」(판타지아 문고),

「옛 원칙의 마법기사」(판타지아 문고) 등.

■작가 후기

시미즈 유우라고 합니다. 이번에 인연이 있어『데이트 어 라이브』의 앤솔로지를 집필하게 됐습니다.

처음 앤솔로지 집필 이야기를 받았을 때는 기쁘면서도 마음 한편으로 긴장했습니다.

그것도 그럴 것이,『데이트』는 후지미 판타지아 문고를 대표하는 시리즈이며, 저도 좋아하는 작품입니다. 다른 집필진 선생님도 초호화 멤버라서, 저 따위가 끼어도 되는 건지 황송했습니다. 하지만 좋아하는 작품에 관여할 모처럼의 기회인 만큼, 타치바나 선생님께 한 수 배우는 심정으로 집필했습니다.

타치바나 선생님과는 데뷔한 레이블이 다릅니다만 거의 동기이며, 이미 십 년 넘게 친분을 쌓았습니다. 그래서 더 감개무량하군요.

집필하면서 단편집인『앙코르』를 다시 읽어봤습니다만, 타치바나 선생님은 단편도 능숙하게 쓰시는지라 대체 어떻게 하면 이런 퀄리티의 이야기를 쉽게 써낼 수 있는 거야~ 하며 괴로워했습니다. 물론 제가 생각한 소재도 대부분 이미 쓰인 탓에 어찌하면 좋을지 고민하고 또 고민하다, 앤솔로지에서만 가능한 에피소드를 쓰기로 하면서 정령을 미니카로 만든다는 이야기를 짰습니다. 이런 말도 안 되는 이야기를 쾌히 승낙해주신 타치바나 선생님께 진심으로 감사드립니다. 조금이라도 재미있게 즐겨주시면 감사하겠습니다.

마지막으로, 『데이트 어 라이브』 완결을 진심으로 축하드립니다.

모든 복선을 회수하고, 분위기까지 최고조에 이른 완벽한 피날레였습니다.

애니메이션 제4기도 정말 기대하고 있습니다!

시미즈 유우 Yu Shimizu

작가. 대표작 「정령사의 검무」(MF문고J),

「성검학원의 마검사」(MF문고J) 등.

■작가 후기

「데이트 어 라이브」 스핀오프 「데이트 어 불릿」을 집필하고 있는 히가시데 유이치로라고 합니다. 짤막하게나마 이번 앤솔로지에 참가하게 되어 영광입니다!

본편에서는 볼 수 없었던 꿈의 대결+일어날 리 없는 콤비 배틀, 이라는 콘셉트로 써봤습니다. VR은 끝내주네요.

실은 제 「데이트 어 불릿」에 나오는 건 주로 토키사키 쿠루미(별칭은 피규어의 여왕) 뿐이며, 다른 정령은 스토리상 이름조차 언급되지 않습니다.

그런고로 이번에 시도, 토카, 나츠미, 요시노 같은 인연이 없었던 캐릭터를 다뤄봤습니다만, 정말 죽도록 고생했습니다. 아니, 말투가 전혀 다르다고요. 어디를 고쳐야 토카다워지고, 요시노다워지고, 나츠미다워지는 건지도 모르겠다니까요! 타치바나 선생님, 헬프 미! 한 끝에 겨우겨우 완성한 작품입니다.

아무튼 「데이트 어 라이브」도 무사히 완결됐고, 이 앤솔로지가 나올 즈음이면 「데이트 어 불릿」도 발매 or 발매 예정

일 거라고 생각합니다.

또한, 이 책이 나올 즈음이면 그 소문만 무성한 애니에 관한 정보도 공개되지 않았을까요! 아직 끝나지 않는 「데이트 어 라이브」를 부디 즐겨주시길. 잘 부탁드립니다!

히가시데 유이치로 Yuichiro Higashide

시나리오라이터. 대표작 「Fate/Grand Order」(시나리오),

「Fate/Apocrypha」(원작·애니 각본)」,

「데이트 어 불릿」(판타지아문고) 등.

■작가 후기

우선 사죄라는 이름의 오체투지를 하겠습니다.

타치바나 선생님. 그렇게 단편이라 하셨는데, 100페이지나 되는 단편이라 할 수 없는 뭔가를 써서 죄송합니다. 후지미 판타지아 문고 여러분, 처음으로 일을 주셨는데 마감 직전에야 100페이지나 되는 단편이라 할 수 없는 뭔가를 제출이 정말 정말 죄송합니다. 이번 앤솔로지 단편에 관여한 관계자 여러분, 이 자리를 빌려 감사드리는 것과 동시에, 정말 송구하기 그지없습니다.

집필 전에는 진짜로 50페이지 이내에 끝낼 생각이었습니다. 오리가미 양 공략까지 「오, 여기까지 30페이지! 50페이지 완결쯤이야 여유롭지!」 하며 우쭐대기까지 했죠. 그런데 어째서…….

좀 진지한 이야기를 드리자면, 실은 다른 작품의 앤솔로지 단편을 집필하는 게 처음이어서 우왕좌왕하는 저에게 자유롭게 쓰게 해주신 타치바나 선생님과 후지미 판타지아 여러분께는 진심으로 감사드리고 있습니다. 저 자신은 매우 즐겁고, 또한 자극적이며 귀중한 체험을 했습니다.

『데이트 어 라이브』는 제 작품의 게임과도 콜라보를 했으며, 개인적으로 위대한 선배의 작품이자 좋아하는 이야기 중 하나이기도 합니다. 특히 이번에 무쿠로 양을 메인으로 한 단편을 쓰면서 포스트잇을 너무 많이 붙인데다 손때까지 타서 한 권 더 구매하게 된 원작 15권 「무쿠로 패밀리」를 시리즈 중에서도 가장 많이 읽었습니다.

사실 저도 데어라 팬인 만큼, 데어라를 사랑하는 독자 여러분께 「해석 오류」, 「설정이 무르다」, 「무쿠로는 그런 소리 안 해!」 같은 말을 듣지나 않을지 벌써부터 흠칫흠칫하고 있습니다. 오히려 듣는 게 당연하다는 심정입니다.

『데이트 어 라이브를 사랑하는 오타쿠가 쓴 2차 창작』.

정도로 생각하며 이해해주시면 감사하겠습니다.

마지막으로, 신급 원작을 제쳐두고 「트루 루트 같은 타이틀을 달아도 될까요……?」 하고 머뭇머뭇 묻는 저, 오모리에게 「당연히 괜찮지!」 하며 쾌히 승낙해주신 타치바나 선생님, 정말 감사합니다. 『왕의 프러포즈』도 포함해, 앞으로도 『데이트 어 라이브』라는 작품을 멀리서나마 진심으로 응원하겠습니다.

애니 4기도 볼게요~!

말하고 움직이는 무쿠로 양을 볼 수 있어!

우오오오오오오, 무쿠로 양~! 【헤레스】로 분자 분해해서,

세상에서 가장 행복한 입자로 만들어줘~!

오모리 후지노 Fujino Omori

작가. 대표작 「던전에서 만남을 추구하면 안 되는 걸까」(GA문고),
「던전에서 만남을 추구하면 안 되는 걸까 외전 소드 오라토리아」(GA문고),
「지팡이와 검의 위스토피아」(코단샤코믹스) 등.

■작가 후기

앤솔로지가 자유롭기 위해선,

원작자가 가장 자유로워야만 한다―.

타치바나 코우시

너무 자유로웠던 건지도 모르겠습니다.

오래간만입니다. 타치바나 코우시입니다. 『시오리 걸즈 사이드』는 어떠셨는지요. 재미있으셨기를 빕니다.

이 이야기는 2021년 4월 1일의 만우절 기획 『데이트 어 라이브 걸즈 사이드』를 베이스로 했습니다. 거짓말이지만 거짓말이 아니었습니다. 설정과 일러스트가 마음에 들었던 만큼, 이번에 이런 식으로 스토리를 쓸 수 있어서 좋았습니다. 하지만 이어지는 이야기를 쓸 거라고는 말 안 했습니다. 하지만 아직 일러스트로 등장하지 않은 소년들의 일러스트는 솔직히 보고 싶습니다.

자, 『데이트 어 라이브』 10주년을 기념해 기획된 본작 『데이트 어 라이브 어나더 루트』. 영광스럽게도 쟁쟁한 인기 작가&인기 일러스트레이터 여러분이 다수 참가해주셨습니다. 정말 감사드립니다.

히츠지 타로 씨. 멋진 단편을 써주셔서 감사합니다. 토카와 오리가미의 옥신각신이 초기 데이트의 분위기라 반가웠습니다. 토카의 다이어트 이야기라고 하는 단편에서 왕도적인 테마를 히츠지 테이스트로 써주시다니, 역시 대단하십니다.

시미즈 유우 씨. 역시 낫층은 최고! 란 생각을 하게 해주는 단편이었습니다. 소재는 폭주하고 있지만, 깔끔하게 정리하신 점은 정말 대단하십니다. 세세한 부분의 능숙한 패러디에서는 장인의 능력을 엿볼 수 있었습니다. 이렇게 됐으니 나는 비○스파이더를 고르겠어!

히가시데 유이치로 씨. 쿠루미는 몇 번이나 써주셨지만, 히가시데 씨가 쓰신 다른 캐릭터는 전부 참신하고 재미있었습니다. 마리아의 언동이 약간 히비키 느낌인 게 마음에 들었어요(웃음). 능력전에 있어서의 설정 이용의 능숙함이 엿보이는 이야기였습니다.

오모리 후지노 씨. 무쿠로를 향한 넘치는 사랑과 열정이 담긴 단편(단편…… 단편인가?)을 써주셔서 감사합니다. 실로 처절하고, 아름다운 이야기였습니다. 솔직히 말해 이 이야기로 대미를 장식하는 편이 낫지 않을까…… 하고, 맞부딪치는 대흉근 이야기를 쓰면서 생각했습니다. 감사합니다~.

모리사와 하루유키 씨. 『창궁의 카르마』 때는 신세졌습니다. 멋진 무쿠로를 그려주셔서 감사합니다. 달을 배경으로 한 검은색 차이나 바니 무쿠로가 끝내줍니다. 이건 속성과 성적 취향의 온퍼레이드데이~! 무쿠로를 좋아하는 오모리 씨가 감격의 눈물을 흘리실 거라 생각합니다.

NOCO 씨. 『데이트 어 불릿』에서는 신세 졌습니다. 빙긋 웃는 니아, 최고! 이렇게 귀여운 여자애가 아저씨처럼 웃을 리가 없어요. 그리고 책장에 꽂혀 있는, 너무나도 이른 『츠나코 화집 SPIRIT』. 제가 아니라면 놓쳤을 겁니다.

하이무라 키요타카 씨. 『언젠가 세계를 구하기 위해서—퀄리디아 코드—』 때는 신세졌습니다. 멋지고 귀여운 쿠루미를 그려주셔서 감사합니다! 다른 시간을 가리키는 무수한 시계들이 분신을 표현한다는 말을 듣고 「천재인가……?」 하고 생각했습니다. 휘유…….

츠나코 씨. 『데이트 어 라이브』&『왕의 프러포즈』에서 신세지고 있습니다. 멋진 표지는 물론이고, 각화의 삽화도 감사합니다! 마지막 이야기에서 이상한 일러스트를 그리게 해 죄송합니다. 그래도 최고였습니다. 미남의 근육에는 영양분이 있어요.

그리고, 디자이너이신 쿠사노 씨, 담당 편집자님, 걸즈 사이드의 일부 캐릭터 원안을 맡아주신 아리사카 아코 씨, 그리고 편집, 출판, 유통, 판매에 관여해주신 모든 분. 이 책을 읽어주신 당신에게 진심으로 감사드립니다.

그럼, 다음에도 어딘가에서 다시 뵐 수 있기를 진심으로 빌겠습니다.

타치바나 코우시 Koushi Tachibana

작가. 대표작 「데이트 어 라이브」(판타지아 문고), 「왕의 프러포즈」(판타지아 문고) 등.

■역자 후기

안녕하십니까. 근로청년 번역가 이승원입니다.

『데이트 어 라이브 앙코르 어나더 루트』를 구매해주셔서 진심으로 감사드립니다.

데어라 어나더 루트!

유명 작가님들의 쓴 데이트 어 라이브 앤솔로지 소설!

데어라 담당 번역가로서만이 아니라, 작품의 팬으로서 번역하며 참 재미있었습니다.

실은 저도 소싯적(^^)에 번역 공부 삼아 유명작품의 2차 창작 소설을 번역했었습니다.

그 시절이 생각나서 여러모로 즐거웠습니다.

게다가 이번 앤솔로지에 참여한 작가님 중에 저와 인연이 있는 작가님도 계셔서 괜히 더 즐거웠달까요.^^

여러모로 참 좋은 경험이었습니다.

또 언젠가 이런 기회가 찾아오길 빌게 될 정도입니다, AHAHA.

그럼 이번 권에 관한 이야기를 조금 해볼까 합니다. 스포일러가 포함되어 있으니 아직 본문을 읽지 않으신 분은 유의해주시길!

이번 작품은 다섯 분의 작가님이 각각의 색깔을 살린 다섯 가지 이야기를 그려주셨습니다.

히츠지 타로 선생님은 토카가 다이어트하는 이야기를 써주셨습니다. 토카의 먹보 속성은 본편과 앙코르에서 꽤 다뤄졌습니다만, 살찐다는 이야기는 나온 적이 없죠. 사실 그게 토카의 특성(?)이 아닐까 생각했습니다만, 역시 많이 먹으면 살이 쪄야죠! 암요! 그리고 다이어트 스트레스로 반전하다니, 역시 토카! 하며 외쳤습니다.^^

시미즈 유우 선생님은 미니카 이야기를 써주셨습니다. 옛날에 하키채 같은 걸로 미니카를 컨트롤하며 경주하는 작품에 심취한 적이 있습니다만, 역시 사람이 자기 발로 미니카와 나란히 달리는 것 자체가 말도 안 되긴 하는군요.^^ 물론 정령을 미니카로 만든다는 충격적인 발상에 비하면 아무것도 아니라고 생각하지만요.ㅠㅜ

히가시데 유이치로 선생님은 환상의 정령 배틀을 VR이란 소재로 그려주셨습니다. 확실히 토카 VS 코토리라든가, 반전 토카&쿠루미 VS 토카&코토리란 매치업은 매우 매력적이긴 합니다. 그리고 그 안에서 드러나는 쿠루미란 캐릭터의 극악 컨트롤이 참……. 역시 선택지가 너무 많은 캐릭터보단, 선택지는 적더라도 강력한 캐릭터가 좋은 것 같습니다. 역시 무식한 게 짱인 걸까요.^^

오모리 후지노 선생님은 무쿠로의 트루 루트를 써주셨습니다. 환상의 IF 스토리! 도입부부터 파격적인데, 전개도 파격적(궁극의 효율충 무쿠로 양!)이었죠. 이 부분에서 타임루프 먼치킨물이란 느낌마저 받았습니다.^^ 물론 그 끝에서 펼쳐진 반전과 감동 덕분에 그런 생각이 쏙 들어가 버렸지만요. 오모리 선생님의 무쿠로 사랑을 듬뿍 느낄 수 있는 이야기였습니다.

그리고 원작자인 타치바나 코우시 선생님의 작품은…… 노코멘트하겠습니다. 원작자만이 가능한 IF물, 그리고 회수할 필요 없다고 마구 투척한 복선은 정말 경탄을 금할 수 없었습니다. 이 작품만은 사전 지식 없이 읽으며 즐겨주셨으면 합니다. ……결코 혼자 당할 순 없어! 같은 마인드는 아닙니다.^^

그럼 이만 줄이겠습니다.

항상 재미있는 작품을 맡겨주시는 L노벨 편집부 여러분. 정말 감사합니다. 앞으로도 잘 부탁드립니다.

부산 놀러 왔다며 3박4일이나 작업실에서 지내다간 악우여. 언젠가 나도 복수하러 갈 거다. 일 많을 때 쳐들어갈 테니 각오해~.

마지막으로 언제나 제게 버팀목이 되어주시는 어머니와 『데이트 어 라이브』를 읽어주신 모든 분에게 진심으로 감사드립니다.

분명 또 나올 게 틀림없는(근거 없는 믿음^^) 데어라 월드 신작의 역자 후기 코너에서 다시 뵙겠습니다!

2023년 3월 말

역자 이승원 올림

데이트 어 라이브 어나더루트

초판 1쇄 발행 2023년 6월 10일

지은이_ Koushi Tachibana, Fujino Omori, Yu Shimizu, Yuichiro Higashide, Taro Hitsuji
일러스트_ Tsunako
옮긴이_ 이승원

발행인_ 최원영
편집장_ 김승신
편집진행_ 권세라 · 최혁수 · 김경민 · 최정민
편집디자인_ 양우연
관리 · 영업_ 김민원

펴낸곳_ (주)디앤씨미디어
등록_ 2002년 4월 25일 제20-260호
주소_ 서울시 구로구 디지털로 26길 111 JnK디지털타워 503호
전화_ 02-333-2513(대표)
팩시밀리_ 02-333-2514
이메일_ lnovellove@naver.com
L노벨 공식 카페_ http://cafe.naver.com/lnovel11

ISBN 979-11-278-6865-9 03830

값 8,500원

왕의 프러포즈 1권

타치바나 코우시 지음 | 츠나코 일러스트 | 이승원 옮김

쿠오자키 사이카.
300시간에 한 번 멸망의 위기를 맞이하는 세계를
항상 구해온 최강의 마녀이자,
마술사가 다니는 학원의 수장.
"—너에게, 내 세계를 맡기겠어—."
그리고—
쿠가 무시키에게 신체와 힘을 물려주고, 죽음을 맞이한 첫사랑 소녀.
무시키는 사이카의 종자인 카라스마 쿠로에로부터
사이카로서 누구에게도 들키지 말고 학원에 다니란 지시를 받지만…….
클래스메이트와 교사에게도 두려움을 사고,
재회한 여동생에게서는 오빠를 좋아한다는 상의를 받는
파란만장한 생활이 기다리고 있었다!
게다가 긴장을 풀면 남성으로 돌아가기 때문에,
여성과의 키스가 필수 불가결한데?!

신세대 최강의 첫사랑!